내 여자친구와 여자 친구들

내 여자친구와
여자 친구들

조우리 소설

문학동네

차례

우리가
핸들을
잡을
때

엄마의 집은 끓는 냄비에서 피어오른 열기와 이국의 향신료 냄새로 가득했다. 엄마는 나의 갑작스런 등장에도 놀라지 않았다. 그저 연락도 없이 어쩐 일이냐고 무심하게 한마디 던지고는 묵묵히 하던 일을 했다. 뜨거운 냄비 속으로 숙주를 넣는 일. 곧 숙주 말고도 배추며 청경채며 어묵이며 무 같은 것들이 냄비로 들어갔다.

엄마는 손이 컸다. 형제가 많은 집의 맏이로 요리를 배운 탓도 있었고, 오래도록 식당을 운영하며 새겨진 감각 때문이기도 했다. 양파 두 개보다는 양파 이 킬로그램, 쇠고기 일인분보다는 쇠고기 두 근에 맞춰진 엄마의 계량은 식당을 그만두고 식구가 하나둘 줄어가는 동안에도 좀처럼 바뀌질 않았다.

뭘 그렇게 많이도 끓이고 있느냐고 물으니 생각하지 못한 대답이 돌아왔다.

"마라탕."

엄마가 붉은 기름이 담긴 유리병을 보여주었다. 낯선 손글씨로 '마라탕 소스'라고 적혀 있었다. 엄마는 추어탕에 산초도 넣지 않고 카레 냄새도 싫어하는 사람인데. 한번은 베트남 쌀국수를 먹자는 내 말에 같이 식당에 들어갔다가 고수 냄새가 너무 괴롭다며 자리에 앉지도 못하고 나온 적도 있었다. 그런 엄마에게 마라탕 레시피를 전수해준 사람은 엄마의 새 친구 금자씨였다.

엄마는 일주일에 서너 번씩 인력사무소의 연락을 받아 입주청소를 하러 다녔다. 일솜씨가 좋아서 남들보다 일당을 더 받는다고 했다. 엄마에게 일을 배우라며 인력사무소에서 초보자를 보조로 붙여 보낼 정도였다. 금자씨는 엄마가 지난달에 일하러 간 오피스텔에서 만난 보조였다. 엄마는 처음엔 유난히 말수가 적은 금자씨가 불편했다. 짧으면 다섯 시간, 길면 여덟 시간을 같은 공간에서 손발 맞춰 일해야 하는 사람이 낯을 심하게 가리는 성격인 줄 알고 피곤하게 되었다고 생각했다. 하지만 곧 금자씨의 속사정을 알게 되었다.

"아직 우리말이 서툴러서 그랬던 거야. 괜히 트집 잡힐까봐."

엄마는 손이 빠르고 눈이 밝은 금자씨가 마음에 들었다. 만약의 불이익을 피하기 위해 불편함을 감수하는 점도 똑똑하다고 생각했다. 인력사무소에 연락해서 이왕 보조를 보낼 거면 계속 금자씨를 보내달라고 요청했다.

"그렇게 한 세 번쯤 같이 일하니까 그때부터 자꾸 나한테 뭘 주더라고. 이게 그 관시인가, 그건가. 너 관시 알아? 중국인들은 관시를 엄청 챙긴대."

"그냥 선물이겠지. 뭘 바라고 주는 거면 엄마 말고 인력사무소에 주지 않겠어?"

"그런가."

엄마는 그릇을 들어 마라탕 국물을 후룩 소리를 내며 마셨다.

밥상을 물리고는 엄마와 나란히 거실 바닥에 앉아 소파에 등을 기대고 텔레비전을 보았다. 역시 금자씨가 주었다는 젠빙을 후식으로 씹으면서. 젠빙은 곡물 가루로 부쳐낸 전병이었는데, 먹는다기보다는 씹는다는 표현이 어울렸다. 겹쳐 있을 때는 둥글넓적한 반죽 덩어리 같더니 한 장씩 떼어내자 종잇장처럼 얇았다. 별맛이랄 것은 없이 은은한 곡물 냄새만 났다. 그 심심함이 묘하게 자꾸 당겨서 누가 계속 입에 넣어주면 하염없이 씹을 수 있을 것 같았다. 토끼나 염소가 된 것 같은 기분으로 젠빙을 씹으며 엄마에게 일일 드라마의 지난 줄거리를 듣고 있을 때만 해도 나는 내가 곧 금자씨를 만날 거라고는 생각하지 못했다.

금자씨와 만난 건 운전학원 접수처에서였다. 엄마도 함께였다. 우리 셋은 '도로주행 완전정복 운전연수 속성 코스'를 공동 등록

하기로 했던 것이다. 엄마의 제안이었다.

　엄마네 집에서 지낸 지 사흘이 되었을 때, 엄마가 물었다.

　"너 요즘 일은 없니?"

　"여기저기 이력서는 넣고 있는데 딱히 소식이 없네."

　"전에 일했던 곳에 한번 연락해보지."

　"아무래도 서울에서 일하기는 좀 그렇지. 왔다갔다하기가."

　"너 상미랑 싸웠니?"

　"아닌데?"

　"그럼 왜 너희 집에 안 가는데?"

　"그냥, 좀 그런 일이 있었어."

　굳이 말하자면, 비보호좌회전 때문이었다. 시작은 그랬다.

　상미는 일주일에 하루 일요일에만 쉬었다. 하루만이라도 사람을 만나고 싶지 않다며 일요일에는 밖으로 나가기를 꺼려했다. 그런 상미를 겨우 설득해 나선 길이었다. 목적지는 인터넷을 검색해서 알아낸 카페였다. 커다란 유리온실 같은 건물을 식물원처럼 꾸며두었다고 했다. 서울에서 데이트할 때 자주 먹었던 아인슈페너와 카늘레도 팔고 있었다. 우리가 살고 있는 운주시 부근에서 그런 디저트를 파는 카페는 그곳뿐이었다. 게다가 상미는 꽃을 좋아하니까, 나가는 건 귀찮아도 막상 가면 기분이 좋아질 거라고 생각했다. 실은 무엇보다도 나에게 기분전환이 필요했다.

　서울에 살 때는 성인들을 대상으로 취미 미술 수업을 했다. 백화점 문화센터나 지역 주민센터에서 그룹 수업을 하기도 하고, 직장인들을 위해 퇴근시간에 맞춰 회사 근처 카페에서 개인 수업도 했다. 오랜만에 연필을 잡으니 설렌다는 말, 여러 색의 색연필을 쓰면서 기분이 좋았다는 말을 들으면 뿌듯했다. 하지만 상미를 따라 운주시로 온 뒤로는 수업을 하지 못했다. 대부분이 농업에 종사하는 운주시 사람들에게는 '퇴근 후의 취미생활'이나 '주말의 여가활동'에 대한 수요가 없었다. 지역 주민센터에 강의 제안서와 이력서를 보내봤지만 회신이 오지 않았다. SNS에 올린 수업 안내문도 반응이 없기는 마찬가지였다. 상미가 출근하고 나면 아직 가구를 다 들여놓지 못한 낯선 집에서 하루종일 인터넷 서핑을 하거나 동영상을 보는 것이 내가 하는 일의 전부였다.

카페가 근처에 있는 게 분명한데 내비게이션의 GPS 신호가 잘 잡히지 않았다. 갈림길을 지나친 뒤에야 핸들을 꺾었어야 할 방향을 알려주는 안내음 때문에 계속 같은 길을 돌았다. "경로를 재탐색합니다." 안내음이 나올 때마다 상미는 작게 한숨을 쉬었다. 피곤해 보였다. 나는 상미의 눈치를 살피며 내비게이션을 노려보았다. 카페에 가고 싶은 마음 같은 건 이미 사라진 지 오래였다. 하지만 이제 와서 집으로 돌아가자고 할 수도 없었다. 그러기엔 너무 오래 헤맸다. 겨우 카페 간판을 발견했을 때 나는 제발 카페가 상미의 마음에 들기만을 간절히 바랐다.

카페 주차장에 들어가기 위해서는 비보호좌회전을 해야 했다.

상미는 깜빡이를 켜고 정지선에 맞춰 선 채 반대편 차선에서 오는 차들을 한참 바라보았다. 내비게이션이 "좌회전 후 목적지 부근입니다"라고 세 번이나 안내하는 동안에도 상미는 핸들을 꺾지 않았다.

"왜 안 가?"

"계속 차가 오잖아."

"지금 가면 될 거 같은데."

"아직 아니야."

"지금은?"

"아니야."

"지금은 괜찮은 거 같은데."

상미는 더이상 대꾸하지 않았다. 상미는 운전을 할 때면 종종 말을 붙이기 어려울 정도로 예민해졌다. 그런 상미의 옆자리에 타고 있으면 함께 이동하는 것이 아니라 어딘가로 운반되는 기분이었다. 왜 그렇게 심각하냐고 물으면 긴장을 해서 그렇다고 했다. 면허증을 갱신할 정도로 짧지 않은 시간 동안 운전을 해왔는데도 도무지 익숙해지지 않고 핸들을 잡을 때마다 두려운 마음이 든다고 했다. 아무리 조심해도 사고가 날 수 있기 때문에 긴장을 놓을 수가 없다며. 그렇게 힘이 들면 내가 운전을 하겠다고 했지만 상미는 절대 나에게 핸들을 내주지 않았다. 면허 시험 이후로 한 번도 도로에 나가본 적이 없으니 위험하다는 이유에서였다. 그래도 해봐야 늘지 않겠느냐고 대꾸하면 굳이 그럴 필요가 없다고 말을 잘랐다.

"내가 하면 되지. 너까지 위험할 게 뭐가 있어."

서울에서는 주로 대중교통을 이용하고 부득이한 경우에만 운전을 했던 상미는 운주시로 인사발령을 받고 나서는 매일 운전해서 출퇴근을 했다. 지하철이 없고 버스 배차간격은 삼십 분이 보통인 소도시에서 운전을 하지 않고 보낸 첫 일주일이 상미를 충분히 질리게 했기 때문이었다. 집에서 가장 가까운 버스 정류장은 천川을 건너야 있었고, 상미의 직장까지 한 번에 가는 버스 노선은 없었다. 어느 퇴근길에는 돌다리 옆에서 쥐떼가 물을 참방참방 튀기며 놀고 있었다고 했다. 상미는 돌다리를 건너지 못하고 멀리 육교를 지나 집으로 왔다. 한여름이었다. 상미의 감색 블라우스에 하얗게 소금기가 올라와 있었다. 비가 많이 내리던 어느 날에는 우산을 쓰지 않은 남자가 버스 정류장 건너편에서 상미를 한참 동안 바라보았다고 했다. 상미는 직장 동료의 소개로 중고차를 샀다. 왕복 두 시간이었던 출퇴근 시간이 사십 분으로 단축되었다.

"대체 언제 가려고 그래? 지금 가도 되잖아."

상미는 여전히 앞만 보았다. 반대편 차선에서 직진해 오는 차들 사이에는 충분한 간격이 있었다. 내가 보기엔 그랬다. 하지만 상미는 양쪽 차선 모두에 정지신호가 켜지기를 기다리고 있었다. 통행량이 많은 도로가 아니어서인지 신호는 한참 동안 바뀌지 않았다. 나는 우리 옆을 지나쳐 가는 중앙선 너머의 차들을 보며 억울한 마음이 들었다. 내비게이션이 말썽인 건 내 탓이 아니었다. 상미도 피곤하고 짜증이 나겠지만, 그런 상미의 눈치를 보느라 나도 기분이 상하긴 마찬가지였다. 배도 고팠다. 그래도 상미는 핸들을 잡고 있지 않은가. 언제든 내키는 대로 목적지를 바꿀 수 있지 않은가. 카페로 가거나, 가지 않거나. 그걸 결정할 수 있는 건 어쨌든 상미이지 않은가.

"운전연수를 받자." 엄마가 비장하게 말했다. "그러면 다 해결돼."

"뭐가?"

"네가 운전을 잘하게 되면 상미랑 싸울 일도 없고, 서울 왔다갔다하면서 일도 할 수 있고."

"그럴까?"

"그래, 마침 잘됐어."

엄마는 당장 휴대폰을 들어 전화를 걸었다.

"애, 금자야. 됐다. 이제 셋이다."

그렇게 엄마와 나 그리고 금자씨가 한 팀이 되어 운전연수를 받게 되었다. 세 사람이 한 차를 타고 번갈아 운전석에 앉는 방식으로 운전연수를 받으면 강습비를 할인해준다고 했다.

"반가워요, 윤주씨. 저는 천금자. 명숙 언니한테 얘기 많이 들었어요."

금자씨는 내가 예상했던 모습과 달랐다. 군데군데 노란 탈색 머리가 섞인 쇼트커트에 빨간 스키니진과 허리 라인이 날렵하게 들어간 흰 셔츠를 입고 있었다. 아직 서툴다던 한국어 발음도 억양만 조금 낯설 뿐 그다지 어색하지 않았다. 금자씨는 매끄러운 동작으로 나에게 손을 내밀어 악수를 청했다. 마흔 살, 중국 출신 한국 국적의 여자. 요리를 잘하고 술은 독주를 즐기며 화려한 옷을 좋아하는 천금자. 나는 그녀를 만나기 전 머릿속에 그렸던 여자를 지우고 눈앞에 있는 금자씨의 손을 맞잡았다.

"같이, 잘 해봐요."

우리는 당장 아우토반을 달릴 드라이버들처럼 진지한 눈빛을 주고받았다. 엄마는 두 손을 깍지 끼고 손목을 풀었고, 금자씨는 길게 기지개를 켰다. 나는 크게 심호흡을 했다. 접수처 직원이 우리가 서명해야 할 각종 서류들을 내밀었다.

"면허 번호랑 취득 날짜 써주시고, 그 옆에 실제 운전하신 기간 써주세요."

나는 칠 년, 엄마는 이십오 년째 장롱면허였다. 그리고 금자씨.

"지난주에 땄어요, 운전면허."

금자씨가 운전면허를 딴 것은 인력사무소 최실장 때문이었다. 교통편이 애매한 곳이나 커다란 청소 장비가 필요한 곳으로 일을 하러 갈 때면 최실장의 승합차를 타야 했는데, 그는 작은 소음에도 민감해서 차 안에서 사탕을 하나 까먹는 것에도 눈치를 주곤 했다. 그런 사람이니 소곤소곤 대화를 하는 것이나 작게 새어나오는 웃음소리에도 곧잘 짜증을 냈다. 특히 금자씨를 대하는 태도가 야박했다. 시답잖은 잡담을 하는 것도 아니고 "가는 데 얼마나 걸릴까요?"라거나 "스팀 청소기도 가져가야 하지 않을까요?" 같은 업무에 필요한 말을 해도 쯧, 혀를 차며 무시했다. 금자씨의 휴대폰에서 진동이 울리기라도 하면 아예 뒷좌석으로 고개를 휙 돌리고 노려보았다.

엄마는 금자씨가 최실장에게 그런 대접을 받는다는 것을 뒤늦게 알았다. 그동안은 최실장의 차에서 나는 방향제 냄새가 비위에 맞지 않아서 조금 번거롭거나 돈이 들더라도 따로 다녔기 때문이었다. 하지만 그날은 비도 많이 오고 사무실에 가서 일당을 받으면 금자씨와 함께 바지락 칼국수를 먹으러 가기로 약속한 참이라 엄마는 코를 틀어쥐고 최실장의 차에 탔다. 그리고 금자씨가 처음 만난 사람 앞에서 말을 아끼게 된 것이 최실장 때문이라는 걸 알게 되었다. "차가 어지간히 막히네. 사무실 가면 저녁때 다 지나겠어" 하고 엄마가 말할 때는 가만히 있던 최실장이 "그러게요" 하고 금자씨가 짧게 대꾸하자 쓥, 하고 잇새로 헛숨을 들이켰다. "바지락 칼국수 좋아해? 그 집이 해물파전도 맛있어"라는 엄마의 말에 금자씨가 "좋아요" 하며 고개를 끄덕였을 때도 최실장은 창문을 열고 가래침을 모아 뱉었다. 엄마는 금자씨가 자세를 고쳐 앉는 것을 보며 짜증이 났다. "왜 지랄이야." 속으로 생각하려고 했는데 툭 말이 나갔다.

"비가 그렇게 쏟아지는데, 길 한복판에다가 우리를 내려놓고 가버린 거야. 우산도 없는데."

더럽고 치사해서 엄마와 금자씨는 운전을 하기로 결의했다. 최실장이 모는 차는 사실 최실장 차도 아니고 인력사무소 차였다.

"까짓거, 그 새끼 빼고 우리끼리 다녀야지."

"잘했네, 잘했어."

나는 고개를 끄덕이며 집게와 가위를 들고 불판 위의 돼지갈비를 부지런히 잘랐다. 접수를 마치고 운전학원을 나오니 마침 점심때였다. 금자씨가 고기 먹고 힘내서 운전 열심히 하자며 돼지갈비를 제안했다. 엄마와 금자씨는 반주로 복분자주를 곁들이고 나는 사이다를 마셨다. 점심특선 갈비탕이나 쌈밥 정식을 먹는 사람들 틈에서 대낮부터 연기를 피워가며 돼지갈비를 굽고 있는 건 우리 테이블뿐이었다. 나는 그게 어쩐지 좋고 신이 났다.

"윤주씨는 왜 운전하기로 했어요?"

"혼자 있기 싫어서요."

준비도 없이 진심이 나와버렸다. 일 때문이라고 할 수도 있었는데. 나는 엄마 눈치를 살폈다. 다행히 엄마는 상추 위에 깻잎과 미나리까지 얹어 쌈을 싸느라 바빴다.

"나랑 반대네."

금자씨가 복분자주를 한 잔 마시고는 덧붙였다.

"운전하면 진짜 혼자 있을 수 있는 건데."

양념이 검게 눌어붙은 불판을 점원이 새것으로 갈아주었다. 새 불판이 달궈지길 기다려 고기를 올렸다. 치이이익, 소리를 내며 익어가는 고기에서 흰 김이 피어올랐다.

"정말로 혼자 있을 수 있는 기회가 잘 없으니까요."

윤주씨는, 하고 뒤의 말은 하지 않은 채 금자씨가 내 얼굴을 바라보았다. 내가 엄마의 눈치를 보는 걸 알아챈 모양이었다. 엄마에게는 항상 잘 지내는 모습만 보여주고 싶었다. 밤잠을 설치게 하는 걱정도, 가슴을 무겁게 만드는 고민도, 숨이 막히는 괴로움도 없이. 시간이 지나면 자연히 해결될, 아주 사소한 문제만 있는 것처럼. 상미와 시답잖은 말다툼이나 하고, 삐치고, 화해하면 될 것처럼. 하지만 엄마가 모를 리가 없다고, 그래도 엄마가 모르는 것처럼 굴고 싶다고 생각했다.

"언니, 한잔해요."

금자씨가 술잔을 들었다. 엄마가 금자씨의 잔에, 금자씨가 엄마의 잔에 술을 따랐다. 나도 사이다가 든 잔을 가져다댔다. 잔들이 부딪치는 소리가 맑았다.

우리의 운전연수를 해줄 강사는 백발의 남자였다. 이른 아침 운전학원 주차장에서 만난 그는 포마드를 발라 말끔하게 빗어 넘긴

머리에 잘 다린 푸른 셔츠와 회색 정장 바지를 입고 흰 면장갑까지 끼고 있었다. 나는 그가 마음에 들었다. 복장을 갖춘 직업인에게는 신뢰가 가는 법이니까.

"안녕하십니까, 수강생 여러분. 오늘 하루 잘 부탁드립니다."

강사는 깍듯이 고개를 숙여 인사했다. 운전연수는 학원을 빠져나가 시내주행을 하다가 올림픽대로로 진입해 미사대로를 타고 팔당댐 근처까지 갔다가 돌아오는 코스로 진행될 거라고 했다. 가는 길에는 내가 운전석에 앉기로 했다.

"아시겠지만 연수용 차량에는 보조 브레이크가 있으니 너무 긴장하지 마시고 침착하게 운행을 해보시면 되겠습니다."

강사의 말에 나 대신 엄마가 대꾸했다.

"우리 애랑 제 동생이랑 오늘 잘 좀 부탁드려요."

룸 미러로 엄마가 금자씨의 어깨를 감싸는 것이 보였다.

나는 상미가 하던 동작들을 떠올리며 의자 간격과 등받이 각도를 조절하고 사이드미러와 룸 미러를 만졌다. 안전벨트를 매고 시동을 걸고 사이드브레이크를 내렸다. 강사가 아주 완벽하다며 칭찬했다. 브레이크 페달에서 발을 떼자 서서히 바퀴가 굴러갔다.

다행히 시내 도로는 한산했다. 올림픽대로로 진입하는 길을 착각해서 유턴을 두 번 하긴 했지만, 무사히 미사대로까지 달렸다. 강사는 나에게 도로와 차폭의 차이를 가늠하는 것만 익숙해지면 운전을 어렵지 않게 할 수 있을 거라고 했다.

"자꾸 왼쪽으로 붙는 건 운전을 많이 안 해봐서 겁이 나서 그렇죠. 기본을 잘 지키시니 금방 편해질 겁니다."

식당으로 향하는 도로변에 늦가을의 코스모스가 잔뜩 피어 있었다. 엄마는 나들이 온 기분이 든다며 신나했다. 팔당댐 근처에 도착한 우리는 강사가 소개해준 쌈밥 전문점에서 점심을 먹기로 했다.

식당 입구에는 작은 정원이 있었다. 인공 연못 위로 아치형의 돌다리가 놓여 있었고, 연못에는 붉고 검은 반점이 있는 잉어들이 느리게 헤엄치고 있었다. 엄마가 돌다리 위에 올라가서 사진을 찍겠다며 금자씨의 손을 잡아끌었다.

"따님도 같이 찍으세요."

강사가 내 휴대폰을 받아들었다. 나는 엄마와 금자씨 사이에 서서 어정쩡하게 손을 올려 브이를 그렸다. 엄마와 금자씨는 척척 포즈를 취했다. 남는 건 사진뿐이라며, 정원에 핀 모든 꽃과 그 사이사이에 놓인 모든 조형물을 배경으로 사진을 찍을 기세로 바쁘게 움직였다. 강사가 넉살 좋게 웃으며 수십 번 셔터를 눌러주었다.

쌈밥 정식은 맛있었다. 싱싱한 푸성귀가 바구니 가득 나왔고, 강된장에는 우렁이와 호박이 넉넉히 들어 있었다. 따로 테이블을 잡겠다는 강사를 엄마가 만류해 한 테이블에서 식사를 했다. 엄마는 밑반찬으로 나온 감자전을 두 번이나 더 달라고 해서 싹 비웠다. 금자씨도 입맛에 맞는지 밥공기가 금세 비었다.

"이모, 물 드릴까요?"

금자씨는 대답 대신 나에게 컵을 내밀었다. 나는 그제야 금자씨가 내내 말이 별로 없었다는 걸 깨달았다. 괜히 트집 잡힐까봐 처음부터 말을 아낀 거라던 엄마의 이야기가 떠올랐다.

엄마의 친구를 이모라고 부르는 건 낯선 일은 아니었다. 나에겐 피가 섞이지 않은 많은 이모들이 있었고, 이모라는 말은 내가 그들에게 친밀함을 드러내는 표현이었다. 하지만 금자씨를 이모라고 부른 건 그 때문만은 아니었다. 분명 내가 알고 있는 만큼 금자씨도 알고 있을 것이다. 나는 금자씨의 컵에 차가운 보리차를 가득 따라주었다. 금자씨가 말했다.

"고마워."

후식은 호숫가의 카페에서 먹기로 했다. 카페까지는 엄마가 운전할 차례였다.

"떨리네요."

엄마가 안전벨트를 매며 말했다.

"침착하게 하시면 됩니다. 제가 옆에 있으니 걱정하지 마시고요."

강사는 엄마에게 사이드미러가 잘 보이는지, 핸들은 너무 가깝지 않은지 물었다. 그러고는 엄마가 익숙해질 때까지 잠시 주차장을 돌다가 나가는 게 좋겠다고 했다. 뒷좌석에서 두 사람의 모습을 보고 있으니 엄마가 연애를 하면 좋겠다는 생각이 들었다. 엄마가 괜찮은지를 친절하게 물어봐주는 사람이 있으면 좋겠다고.

엄마는 브레이크를 너무 세게 밟기는 했지만 무사히 카페까지 운전을 해냈다. 카페는 팔당댐이 내려다보이는 야트막한 언덕 위의 오층짜리 건물을 통째로 쓰고 있었다. 평일 낮인데도 사람이 제법 많았지만 그만큼 좌석도 많아서 답답하지는 않았다.

강사는 소화도 시킬 겸 산책을 하고 오겠다며 한 시간 뒤에 출발하자고 했다. 카페 옥상에는 하얀 파라솔과 선 베드가 있었다. 엄마와 나는 선 베드에 자리를 잡고 누웠다. 금자씨는 난간에 기대어 서서 팔당댐을 바라보았다. 햇살은 뜨겁지 않았고, 선선한 바람이 불었다. 휴양지에 온 기분이었다. 해외는 못 가더라도 제주도라도 가서 드라이브도 하고 쉬고 오면 좋을 것 같다는 생각이 들었다. 회도 먹고, 밤바다도 보고. 엄마와 그런 시간을 보내본 적이 없었다. 해안도로를 달리는 차, 즐겁게 웃는 엄마, 그런 엄마를 바라보는 나. 그리고 운전석에 앉은 상미. 무상하게 그런 장면을 떠올리다가 상미 대신 나를 운전석에 앉혔다. 뒷좌석에 나란히 앉은 엄마와 상미는 너무 어색해서 생각만 해도 웃음이 나오는 조합이었다.

"정말 좋네요."

금자씨가 먼 곳에 시선을 둔 채 말했다. 나는 내 상상 속의 드라이브에 금자씨도 초대하기로 했다. 우리는 번갈아 핸들을 잡으며 오래도록 도로를 달릴 것이다. 썩 괜찮은 계획이라는 생각이 들었다.

우리가 함께 돼지갈비를 먹었던 날, 식당을 나오는데 엄마가 가게 입구에 있던 커피 자판기 앞에 멈춰 섰다. 그리고 나에게 삼백원이 있느냐고 물었다. 가방 속을 다 뒤져보니 백원짜리 동전 두 개가 나왔다.

"삼백원이 있어야 되는데. 셋이니까."

취한 엄마는 미처 발견하지 못한 백원이 분명 주머니에 있기라도 한 것처럼 몇 번이고 주머니에 손을 넣었다.

"저는 안 먹어요."

"커피 안 마실 거야?"

"저는 그런 커피 안 먹어요."

금자씨가 말한 '그런 커피'는 커피 자판기의 커피, 식당에서 식사한 손님들에게 서비스로 백원에 제공하는 인스턴트 믹스커피였다.

반년간 국경을 넘나들며 구애를 펼친 남자와 함께 금자씨가 한국에 입국했던 날, 살림을 꾸릴 집에 짐을 가져다둔 두 사람은 저녁으로 돼지갈비를 먹으러 식당에 갔다.

"내가 널 행복하게 해줄게. 이제 나만 믿어. 천금자, 사랑한다."

소주 두 병을 혼자 마시고 취한 남자의 고백에 금자씨는 순수하게 기뻤다. 자꾸만 자신의 목덜미에 고개를 파묻는 남자의 숨에서 잘 익은 홍시 냄새가 난다고 생각했다. 이 뜨겁고 축축한 숨이 달게 느껴지다니. 다른 사람들의 시선 같은 건 하나도 신경 쓰이지 않는다니. 그 마음 때문이었을 것이다. 둥실둥실 떠다니는 풍선 같은 마음. 그런 마음을 느끼게 해준 남자를 위해 금자씨는 한국어를 공부하고 혼인신고에 필요한 수많은 서류를 작성하고 고향을 떠나 낯선 나라에 왔다. 금자씨는 웃었다. 절로 웃음이 났다. 남자가 "잠깐만" 하고 우뚝 멈춰 서기 전까지만 해도.

남자는 커피 한잔 마시고 가자고 말했다. 한국에는 고깃집에서 고기를 먹고 나면 믹스커피를 마시는 문화가 있다며 식당 입구에 있는 자판기를 가리켰다. 몇 명의 사람들이 종이컵을 들고 그 주변에 서 있었다. 금자씨는 순순히 고개를 끄덕였다. 취한 남자가 비틀거리며 자판기 앞으로 다가갔다. 금자씨도 그 뒤를 따랐다. 밀크커피 백원. 블랙커피 백원. 금자씨는 남자에게 이백원이 있느냐고 물었다. 남자가 동전이 없다고 하면 취한 남자 대신 자신이 카운터에 가서 지폐를 동전으로 바꿔올 생각으로 물은 것이었다. 그런데 남자는 뜻밖의 대답을 했다.

"돈이 왜 필요해."

그게 대체 무슨 말인가. 금자씨는 자신이 한글을 잘못 읽었나 하고 다시 자판기를 봤다. 하지만 설사 한글을 잘못 읽었다고 하더라도 아라비아숫자로 적힌 '100'을 모를 수는 없었다. 그건 남자도 마찬가지일 거였다.

"커피 백원이에요."

남자는 아니라고 했다.

"이거 손님들 먹으라고 둔 거야. 공짜야, 공짜. 내가 여기서 고깃값 술값 낸 게 얼만데 이걸 왜 내. 왜 내냐고."

남자는 금자씨의 만류에도 불구하고 카운터에 서 있던 점원에게 이백원을 받아왔다. 누가 이런 걸 돈을 내고 먹느냐며, 그건 바보 같은 짓이라고 중얼거리며 자판기에 동전을 넣었다. 남자는 금자씨가 먹지 않겠다고 하자 두 잔의 커피를 양손에 하나씩 들고 비틀비틀 앞서 걸었다. 남자의 손등으로 뜨거운 커피가 출렁이며 넘쳐흘렀지만 남자는 그 온도를 느끼지 못하는 사람 같았다. 금자씨는 그 뒤를 따라 걸으면서 이게 무슨 일인가, 이게 도대체 무슨 일인가, 오래 생각했다.

"그거 때문에 이혼한 건 아니에요."

자판기에서 뽑은 백원짜리 믹스커피를 한 잔씩 들고 걷는 엄마와 내 옆에서 금자씨가 담담하게 말했다. 다만 잊히지 않았을 뿐. 자신만 믿으라던 그의 말과 그를 향한 믿음의 세계가 어떤 풍경인지 엿보았던 그 순간이.

금자씨는 그 남자와 이 년의 결혼생활을 했고, 이혼했다. 지금은 한국 대학으로 유학 온 조카를 돌봐주고 생활비를 받는다고 했다. 중국에서 송금되는 생활비가 꽤 넉넉한데도 인력사무소에 나가는 건 세계여행을 하고 싶어서라고 했다.

"모르는 곳에 많이 가고 싶어요."

이제 운전면허도 있으니 직접 차를 몰고 갈 수 있는 데까지 가볼 거라고. 나는 사막을 횡단하고 협곡을 따라 달리는 금자씨를 떠올렸다. 잘 어울렸다.

우리는 횡단보도 앞에서 헤어졌다. 금자씨는 건너편 버스 정류장으로 가야 했고, 엄마와 나는 멀리서 다가오는 택시를 향해 팔을 뻗었다. 엄마는 택시를 타자마자 곯아떨어졌다. 택시가 한강 다리를 건널 때, 한강에 비친 가로등 불빛들이 아른아른 흔들리고, 한 번도 라이브 무대를 본 적이 없는 오래된 가요가 라디오에서 흘러나오는 동안, 나는 운전석에 앉은 택시 기사의 뒷모습을 보며 상미를 생각했다.

상미는 운전석에 앉을 때마다 경건한 의식을 치르는 사람처럼 같은 동작을 한 번도 빠짐없이 반복했다. 사이드미러와 룸 미러의 각도를 조정하고, 안전벨트를 맨 뒤에는 꼭 한 번 당겨보고, 의자 등받이를 조금 세웠다가 다시 그만큼 내렸다. 그곳에 앉는 사람은 상미 자신뿐이었는데도 매번 그렇게 했다. 상미는 도대체 언제쯤 안심할까. 자신이 앉았던 자리에 다시 앉으면서 그 자체만으로 편안함을 느끼는 날도 있을까.

헤매다 겨우 도착한 카페에는 들어가지도 않고서 다시 집으로 돌아오던 날, 차 안에 흐르던 침묵은 그전과는 분명히 다른 밀도의 것이었다. 엘리베이터에서, 현관에서, 좁은 집안에서 잠시라도 서로의 얼굴을 마주하는 일이 없도록 조용히 분주했던 상미와 나. 더이상 피할 수가 없어지면 어떤 표정도 짓지 않는 얼굴을 서로에게 보여주었다. 그건 다툼이 아니었다. 그저 자신의 화를 드러내고 각자의 방식으로 상대에게 벌을 주는 것이었을 뿐. 상미가 먼저 침대로 들어갔고, 한참 뒤에 내가 상미에게서 등을 돌리고 누웠다. 그리고 조금 울었다. 몸을 들썩이거나 콧물을 훌쩍이지 않으려고 애쓰면서. 다음날 아침, 상미가 출근 준비를 하며 샤워를 하는 사이에 집을 나왔다. 내가 갈 곳은 한 군데밖에 없었다. 가장 빨리 떠나는 표를 사서 기차를 타고 서울로, 엄마 집으로 갔다.

우리는 이대로 끝일 수도 있고, 당장 내일 화해할 수도 있다. 아무렇지 않게 내비게이션에 새로운 목적지를 입력할 수도 있다. 다만 이제 더이상 상미가 운전하는 차에 타고만 있을 수는 없다는 생각, 그 생각이 내 마음 깊은 곳에서 꺼지지 않는 작은 촛불처럼 일렁였다. 나는 상미에게 운전학원에 등록했다고 문자메시지를 보냈다. 답장은 한참 뒤에 도착했다.

─조심해.

하지만 상미야, 아무리 조심해도 사고는 일어날 수 있다고 네가 말했잖아. 결국 우리는 영원히 아무것도 완전히 조심하지는 못하면서 살 텐데. 계속 조심하려고 노력만 하면서 살 텐데. 혼자서만 애쓰면 그건 너무 어려운 일이잖아. 어렵고 힘든 일이잖아. 그러면 우리가 할 수 있는 건 번갈아 핸들을 잡는 게 아닐까. 그것부터가 아닐까.

금자씨가 속이 안 좋다며 화장실에 들어간 지 삼십 분이 넘도록 나오지 않았다. 약속한 출발시간이 지나자 강사는 차에 시동까지 걸고는 자꾸만 재촉을 했다. 엄마가 화장실에 따라 들어갔지만 금자씨는 잠깐만 기다려달라는 말만 반복했다.
"이모님이 아까 뭘 잘못 드셨습니까?"
"아뇨, 별말 없었는데……"
"그럼 대체 뭐가 문젭니까."
강사의 말투는 공격적이었다. 야간 연수가 예약되어 있는데 시간이 늦어져서 위약금을 물게 되면 우리가 배상해야 한다고 했다. 서울은 오후 서너시만 되어도 퇴근길 정체가 시작된다고, 여기서 삼십 분 늦게 출발하면 도착 시간이 두어 시간 뒤로 밀린다고 투덜댔다. 엄마는 그래도 사람이 속이 안 좋다는데 억지로 차에 태워서 갈 수는 없지 않으냐고, 조금만 기다려달라고 했다. 강사가 흰 면장갑을 벗어 주머니에 넣고는 담배를 꺼내 물었다.
"저기요, 차에서 내려서 피우세요."
강사는 나를 흘깃 보더니 차에서 내려 문을 세게 닫았다.
금자씨는 한참 뒤에야 나타났다. 눈가가 발갛게 부어 있었다. 엄마가 자신이 운전할 테니 뒷좌석에 타라고 했지만 괜찮다며 운전석에 앉았다. 금자씨가 클랙슨을 울리자 멀리서 담배를 피우고 있던 강사가 꽁초를 바닥에 던지고 주머니에서 장갑을 꺼내 끼면서 다가왔다.

차 안에는 내비게이션의 안내음만 울렸다. 금자씨는 운전을 오래 해온 사람처럼 능숙하게 차선을 바꾸고 속도를 올리고 핸들을 꺾었다. 강사는 다리를 꼬고 앉아 이따금 금자씨의 얼굴을 빤히 쳐다보다가 창밖으로 시선을 돌렸다. 나는 강사의 무례한 태도에 대해 항의하고 싶었지만 엄마도 금자씨도 아무 문제 없이 이 시간이 지나가기만을 바라고 있다는 생각이 들어서 가만히 그의 뒤통수만 노려봤다.

올림픽대로에 접어들었을 때는 겨우 네시였는데, 벌써부터 차가 막혔다. 금자씨가 브레이크를 밟을 때마다 강사는 "더, 더, 더" 하고 말했다. 이렇게 차가 막힐 때는 앞차에 바짝 붙어야 한다고, 그래야 머리를 들이밀고 끼어들려는 차가 없다고 했다.

"틈을 보이면 안 됩니다. 앞차에 바짝 따라붙으세요. 끼어드는 차들한테 다 자리 내주고 어느 세월에 갑니까?"

강사가 언성을 높였지만 금자씨는 앞차에 바짝 붙지 않았다. 강사가 조수석 창문을 내리더니 "퉤" 하고 침을 뱉었다. 도로를 가득 메운 차들의 열기와 배기가스가 차 안으로 밀려들어왔다. 엄마가 잔기침을 했다.

"창문 좀 닫아주세요."

내가 말하자 강사가 쯧, 혀를 차고는 창문을 닫았다.

　정체 구간을 벗어나 조금씩 속도가 붙기 시작하자 당장이라도 무슨 일이 벌어질 것처럼 팽팽했던 차 안의 긴장감도 좀 누그러들었다. 내비게이션은 도착 예정 시각까지 십 분이 남았다고 안내했다. 몇 날 며칠 도로 위를 달린 트레일러 기사가 된 것처럼 피곤했다. 지금껏 의자에 등을 기대지 않고 꼿꼿하게 허리를 세운 채 앉아 있었다는 걸 그제야 깨달았다. 소리 없이 긴 한숨을 내쉬고 자세를 고쳐 의자 깊숙이 기대어 앉았다. 엄마도 나와 같은 마음이었는지 나를 보며 슬쩍 웃었다. 다음엔 강사를 바꿔달라고 해야지. 시외로 나가는 코스 말고 시내에서 도는 코스 위주로. 그렇게 다짐하는데 별안간 강사가 "이런 시발 진짜" 하며 뒤를 돌아봤다. 불시에 강사와 눈이 마주친 나는 덜컥 겁이 났다.

　"왜 그러시는데요?"

　"이게 무슨 냄샙니까?"

　"냄새요?"

　"차에서 이상한 냄새가 나잖습니까!"

　당황한 엄마와 나는 급히 서로의 가방을 뒤적였는데 냄새가 날 만한 것은 없었다. 좌석 시트와 발판까지 샅샅이 살펴봐도 아무것도 없었다. 강사가 계속 욕지거리를 하며 창문을 열었다.

　"제 거예요."

　금자씨가 말했다. 전방을 주시한 채로. 운전석 문과 의자 사이에 금자씨의 가방이 끼어 있었다. 엄마가 틈새로 손을 넣어 가방을 끄집어냈다. 흰색 천 가방의 바닥이 붉게 물들어 있었다. 마라탕 소스. 유리병 뚜껑이 조금 열려 있었다.

"이거 어쩔 겁니까. 차에 냄새가 다 뱄는데."

"언니 주려고 가져왔는데 뚜껑이 열렸어요. 미안해요."

"대체 그게 뭡니까. 왜 그런 걸 갖고 다녀요."

"그런 거라니. 먹는 거예요, 먹는 거. 말씀이 심하시네."

엄마가 끼어들었고, 나는 엄마가 당장이라도 앞좌석으로 튀어나갈 것 같아서 엄마의 어깨를 붙잡았다.

"당장 밖으로 버려요. 그 냄새나는 거 당장 치우란 말입니다."

강사가 금자씨의 가방을 잡아채려 했다. 엄마가 가방을 품에 꼭 끌어안았다.

"이걸 왜 버려요, 아깝게. 이제 뚜껑 잘 닫았어요. 안 샌다고요!"

"학원에 도착하면 차에 흘린 거 깨끗하게 닦아드릴게요." 내가 말했다.

"퉤." 강사가 창밖으로 침을 뱉었다. "바로 다음 예약이 있는데 이거 업무방해란 말입니다. 손해배상 하셔야 된다고요."

그러고는 작게 중얼거렸다. "재수가 없으려니까, 원."

"배상할게요. 내가 할게요. 가서 다 할게요." 금자씨가 이어서 말했다. "사과하세요."

강사가 "뭘 말입니까" 하고 되물었다. 금자씨가 다시 말했다.

"사과하세요."

강사는 아무 말도 하지 않았다. 금자씨도 물러서지 않았다.

"시발." 금자씨의 목소리는 차분했다. "그렇게 욕한 거 사과하세요."

내비게이션 안내음이 우리가 곧 목적지에 도착할 거라고 알려주었다.

기차역에는 상미가 마중을 나와 있었다. 뒤따라오던 KTX 열차를 여러 대 앞질러 보낸 무궁화호 열차는 예정 시각보다 늦게 역에 도착했다. 상미는 나를 보자마자 손부터 내밀었다. 내 손에 들린 짐을 받아들려는 것이었다. 나는 순순히 양손의 짐 중 하나를 상미에게 넘겼다.

주차장으로 가면서 상미에게 운전연수를 받던 날의 일을 이야기했다.

"그리고 아무도 아무 말도 하지 않고 운전학원으로 돌아가는 길이 정말 몇 년처럼 느껴졌어. 숨이 너무 막히더라. 그 와중에도 금자씨가 운전을 너무 잘하는 거야. 처음 하는 사람 같지 않게. 하나도 불안하지 않게. 그래서 앞으로 어떻게 할까만 생각했지."

"그 사람은 사과했어?"

"아니, 사과 안 하더라고. 학원에 도착하자마자 얼른 내리라고 소리를 지르는 거야. 그래서 내가 우린 못 내리니까 그쪽이 내리라고 했어."

"뭐? 해코지하면 어쩌려고. 위험하게."

"우리가 보상할 건 보상하고, 사과받을 것은 받아야겠다고 했어. 블랙박스도 확인하고, 내가 따로 녹음한 것도 있다고."

상미는 걸음을 멈추고 놀란 얼굴로 나를 보았다.

"녹음을 했어?"

수강생의 안전을 위해 설치했다는 운전연수 차량의 내부 블랙박스에는 메모리 카드가 들어 있지 않았다. 강사는 우리가 녹음을 했다고 하자 곧바로 사과했다. 확인도 하지 않고. 조금 허탈했다. 녹음은 없었다.

학원에서는 수강료를 전액 환불해주겠다고 했지만, 우리는 하루치의 수강료와 내부 세차비를 제외한 나머지 금액만을 요구했다. 그리고 엄마와 금자씨는 다시 개인 강습을 등록했다.

"또 그 학원에 등록했다고? 좀 그렇지 않나?"

"거기가 제일 가깝고 싸대."

내 말을 들은 상미가 소리 내어 웃었다.

상미의 차는 주차선 안쪽에 반듯하게 세워져 있었다. 운전석 쪽으로 걸어가던 상미가 멈춰 서서 나에게 물었다.

"네가 운전할래?"

나는 고개를 저었다.

"아니. 오늘은 네가 해. 다음에 내가 할게."

상미가 고개를 끄덕였다. 나는 상미의 손에 들려 있던 짐을 다시 받아들었다.

11번
출구

역은 항상 붐빈다. 시내를 관통하는 세 개의 노선이 겹치는 환승역이기도 하고, 사무지구와 상업지구가 마주한 위치에 있기 때문이다. 역에는 기부받은 책을 꽂아둔 책장과 역시 기부받은 나무 벤치로 이루어진 쉼터와 수유실, 무더위 대피소, 유실물 관리센터가 있다. 역과 이어진 지하도는 상가다. 신발, 가방, 화장품, 옷 등을 파는 가게들과 편의점, 프랜차이즈 커피숍과 제과점이 있다. 첫차가 출발할 때부터 막차가 끊길 때까지, 막차와 첫차 사이까지도 역은 수많은 사람들의 발소리로 소란하다.

  역과 지하상가가 나뉘는 경계에 빵집이 있다. 가게 안쪽에서 빵을 만들어 진열대 너머 바깥의 손님에게 파는 가게다. 상가의 점포들과 나란히 줄을 맞추고 서 있으나 역과 지하상가를 가르는 방화 셔터의 안쪽에 있으니 엄연히 역에 포함된 시설이었고 때문에 상가번영회에도 가입하지 않았다. 지난해 지하상가를 재정비하는 공사를 시작할 때, 빵집 사장은 상가번영회의 회장으로부터 가게를 상가 안으로 옮기고 번영회에도 가입하는 것이 어떻겠냐는 제안을 받았지만 거절했다. 권리금이 부담된다는 이유에서였다.

상가에 점포를 내려면 월세뿐만 아니라 평당으로 계산하는 권리금을 점포의 이전 주인이나 상가번영회에 내야 했는데, 재정비를 하면서 그 액수가 배로 뛰었다. 번영회장은 빵집 사장에게 역의 시설도 어차피 계약기간이 끝나고 다시 재계약을 하려면 별도의 돈이 필요하지 않으냐고 말했다. 별도의 돈, 이라고 말하면서 다 알지 않느냐, 하는 눈짓도 빠뜨리지 않았다. 사장은 모르는 척 계약금이 별로 오르지 않는다고 대답했다. 사실 사장은 계약금도 별도의 돈도 내지 않았다. 사장의 친척이 역의 시설관리를 맡고 있기 때문이었다.

그리고 말이야, 내가 눈치가 좀 있거든. 사장은 상가로 이어지는 지하도의 반대편 출구 쪽에 큰 쇼핑센터 건물이 들어올 거라고 했다. 그러면 그쪽에 지하 아케이드가 만들어질 테고 말이야. 이쪽은 별 볼 일이 없어지는 거거든. 그렇게 말하면서 상가를 향해 쯧, 하고 혀를 찼다. 저쪽은 안 될 일이거든. 안 될 일이야. 사장이 그렇지? 하고 다미에게 물으면 다미는 네, 그러네요, 하고 순순히 고개를 끄덕였다. 고개를 끄덕이지 않으면 고개를 끄덕일 때까지 사장은 똑같은 말을 몇 번이고 반복하곤 했으므로, 다미는 사장의 말에 늘 얌전히 고개를 끄덕였다.

사장은 가게에서 일할 때 멀쩡한 한쪽 다리를 절뚝거리며 걸었다. 일을 한다고는 해도 절뚝거리며 이쪽 구석으로 걸어갔다가 다시 절뚝거리며 저쪽 구석으로 걷는 것이 전부였다. 빵은 공장에서 생산된 냉동 생지를 납품받아 전기 오븐으로 구워서 판매했다. 사장은 일주일에 두어 번 가게에 와서 냉동 생지가 얼마나 들어왔는지, 팔린 빵은 몇 개나 되는지 기록을 확인하고 금고의 돈을 가져갔다. 가게 문을 열고, 냉동 생지가 상하지 않게 냉장고에 보관하고, 사람이 많은 때에 오븐에 생지를 넣어 빵이 구워지는 고소한 냄새가 풍기도록 하는 것은 다미였다. 커피믹스로 만든 커피에 알맞게 얼음을 넣는 일도, 계산, 포장, 설거지, 정산도 물론 다미가 했다. 다미는 빵집의 유일한 직원이었다. 그래서 빵집은 막차가 역에 도착하기 전에 문을 닫았다. 다미가 막차를 타고 퇴근해야 하기 때문이었다.

빵집의 판매 품목은 단출했다. 뜨거운 커피 천원. 아이스커피 천오백원. 단팥빵 천원. 미니 크루아상 오백원. 손님들은 뜨거운 커피와 단팥빵을, 아이스커피와 미니 크루아상을 세트 메뉴처럼 함께 구매하곤 했다. 특별히 서로가 잘 어울려서라기보다는 동전 없이 지폐로 간단하게 계산할 수 있기 때문이었다. 빵집 입장에서도 그런 주문이 편했기 때문에 사장은 마치 인심이라도 쓰는 것처

럼 '커피＋단팥빵＝2000'과 '아이스커피＋미니 크루아상＝2000'
이라 적힌 종이를 카운터 아래에 붙여두었다. 그런 와중에 백원짜
리 동전 스무 개를 내고 미니 크루아상 네 개를 주문하는 손님이
있었다. 주머니에 넣은 동전을 만지작거리면서 왔는지 스무 개의
동전은 늘 따뜻하고 조금 축축했다. 오백원짜리도, 오십원짜리도
없이 언제나 백원짜리 스무 개.

　다미는 짤랑이는 그 동전들이 안쓰러운 사연이라도 가진 것처
럼 마음이 쓰였다. 백원짜리 동전들이 쓰일 일이란 어떤 것들이
있을까. 아무리 떠올려도 어딘지 쓸쓸한 이야기만 생각이 났다.
그 손님은 가슴께에 무슨무슨 주식회사, 라고 한자로 수놓아진 낡
은 점퍼를 계절과 상관없이 입었다. 다미는 그 손님이 올 때마다
무슨무슨, 이라는 회사 이름을 읽어보려 했지만 아무래도 모르는
한자였다. 그 손님의 봉투에는 미니 크루아상을 하나 더 넣었다.
그런데 어느 날은 손님이 몰려 그 손님의 봉투에 미니 크루아상을
하나 더 넣는 것을 깜빡했다. 다미의 잘못은 아니었다. 그런데 그
손님이 저기, 이봐요, 하고 다미를 부르더니 미니 크루아상이 든
종이봉투를 다미에게 되돌려주었다. 다미는 죄송합니다, 하고 미
니 크루아상 한 개를 종이봉투에 더 넣었다. 그뒤로 그 손님이 올
때면 다미는 미니 크루아상을 두 개 더 넣지 않도록 긴장하며, 꼭
한 개만 더 넣기 위해 조심했다.

다미는 첫차를 타고 빵집으로 출근한다. 빵집 문을 열고 청소를 하고 있으면 냉동 생지가 도착한다. 생지를 배달하는 청년에게 커피를 한 잔 준다. 매번 똑같은 양의 커피믹스를 똑같은 양의 물에 타는데도 청년의 입맛에 맞출 때가 있고 그렇지 못할 때가 있다. 오늘 커피가 참 맛있네. 그렇게 말하는 날이면 청년은 다미를 도와 생지를 냉장고에 넣어주기도 했다. 뭐가 이래, 못 마시겠네, 하는 날에는 한 모금 마신 컵을 계산대에 올려두고 휙 가버렸다. 다미는 청년이 남기고 간 커피를 마시며 뭐가 잘못되었나, 왜 못 마시나, 생각했다.

역 바깥에 세워둔 배달 트럭 조수석이 청년의 입맛을 좌우한다는 걸 한참 뒤에나 알았다. 청년에게 역 근처 지역의 배달을 맡기고 다른 지역을 담당하게 된 청년의 사수는 자신의 휴일에 청년의 트럭 조수석에 앉아 잔소리하기를 좋아했다. 창문을 반만 열고 담배를 피웠고 자신의 젊은 시절 무용담을 반복했다. 내비게이션 같은 건 도움이 되지가 않는 물건이다, 하며 전원을 꺼버리고는 대신 길안내를 자처했다. 그가 조수석에 앉는 날이면 청년은 입이 껄끄러웠다.

그러시는 게 싫다고 하지 그래요.

다미가 그렇게 말했더니 청년은 뜻밖에 다정한 목소리로 대답했다.

외로워서 그러시는 거예요. 말 상대 해주는 사람이 나밖에 없거든. 그걸 알아도 기분이 나쁜 건 어쩔 수가 없지만, 그래도 별수 있나요.

다미는 청년의 표정이 부드러워졌다가 날카로워졌다가 다시 부드러워지는 걸 봤다. 사람의 마음은 참 어렵다는 생각을 하며.

그래도 죄 없는 커피에 화내지는 마세요.

청년은 알겠다고 고개를 끄덕였다. 하지만 얼마 뒤 청년은 도무지 마실 수가 없네, 하고 컵을 계산대에 올렸다. 다미는 별말 없이 청년이 남긴 커피를 개수대에 버렸다.

청년이 가고 나면 예열해둔 오븐에 빵을 구웠다. 단팥빵은 한 번에 열 개씩, 미니 크루아상은 스물다섯 개씩 구울 수 있다. 빵을 굽는 냄새가 가게 바깥까지 퍼질 즈음이면 역을 오가는 사람들도 많아졌다. 가장 먼저 빵을 사는 건 역에서 근무하는 공익근무요원이었다. 그는 항상 피곤한 얼굴로 비틀대듯 걸어와 단팥빵 하나랑 뜨거운 커피요, 하고 말했다. 그가 주로 하는 일은 역에 노인이나 임산부, 장애인, 유모차나 휠체어가 나타나면 부축을 하거나 간이 승강기를 작동시키는 것이었다. 그 밖에도 화장실을 찾는 사람을 안내하거나 무임승차를 하려는 사람을 붙잡거나 외국인에게 승차 방법을 알려주기도 했다. 다미가 그에게 덤이라며 미니 크루아상을 건넨 적이 있는데, 그는 망설임 없이 거절했다. 괜찮아요, 하는 사양이 아니라 아니요, 하고 말했다. 아니요. 확실한 거절이어서 다미는 다시 권하지 못했다.

공익근무요원이 뜨거운 커피와 단팥빵을 사가고 나면 본격적으로 손님들이 찾아왔다. 다미는 바쁘게 움직였다. 주문을 받고 계산을 하고 빵과 커피를 내어주고 생지를 부지런히 오븐에 집어넣고 빵을 꺼냈다. 주로 사무지구로 출근하는 사람들이 아침식사 대신 빵과 커피를 샀다. 아침은 예민해지기 쉬운 시간이어서, 손님들은 사소한 일에도 짜증을 냈다. 빵을 굽는 데에 걸리는 일 분 이십 초를 견디지 못하고 손톱을 물어뜯거나 구겨진 지폐를 계산대에 던지다시피 내려놓았다. 눈을 감고도 빵을 구울 수 있겠다 싶은 다미도 손목시계와 휴대폰 액정을 번갈아 들여다보는 손님 앞에서는 덩달아 초조해져 헛손질을 하곤 했다. 빵을 담는 종이봉투의 입구가 잘 벌어지지 않거나 빨대를 떨어뜨릴 때면 식은땀이 절로 흘렀다.

한번은 거스름돈을 잘못 받았다며 화를 내는 손님이 있었다. 손님은 뜨거운 커피와 미니 크루아상 하나를 사고 오천원짜리 지폐를 주었다. 다미는 천원짜리 지폐 세 장과 오백원짜리 동전 하나를 내주었다. 그런데 곧 손님이 되돌아와 왜 오백원을 덜 주었느냐고 물었다. 맞게 드렸는데요, 하고 다미가 말하자 손님은 주머니를 뒤집어 보이면서 동전이 없다고, 동전이 있어야 하는데 동전이 없다고 했다.

이게 어떻게 된 거예요, 네? 왜 동전이 없느냐고요.

그건 다미가 하고 싶은 말이었다. 왜 동전이 없지요? 그렇게 묻고 싶은 건 다미였다. 그때, 주문을 하기 위해 카운터 앞에 서 있던 남자가 말했다.

죄송합니다만, 하고 다미와 손님 사이에 끼어든 남자는 실례가 되지 않는다면, 하고는 말을 이었다.

제가 우연히 보게 되었습니다만, 분명 지폐와 동전을 받으셨습니다. 주머니에 넣는 것도 보았지요. 그런데 동전이 사라졌다면 주머니를 다시 한번 꼼꼼하게 살펴보는 것은 어떨까요. 아까 주머니를 뒤집으셨을 때, 실밥 같은 것이 보였습니다. 구멍이 난 것은 아닐까요?

남자는 자신이 입고 있는 재킷의 끝단을 손으로 집어 보이며, 이런 곳으로 굴러갈 수도 있지요, 하고 말했다. 그리고 과연, 손님의 주머니에는 구멍이 나 있었고, 오백원짜리 동전은 옷의 안감 구석에 걸려 있었다.

서로가 정신이 없는 아침이니, 실수를 할 수도 있지요.

네, 실수를 했네요.

실수를 하셨을 때는 사과를 하시면 되고요.

미안하게 됐습니다.

손님은 다미에게 고개를 숙였다. 다미도 찾아서 다행이에요, 하고 고개를 숙였다. 손님이 가고 난 뒤 남자가 다행이네요, 하고 웃었다. 남자는 뜨거운 커피와 미니 크루아상 하나를 주문했다. 천원짜리 지폐를 먼저 내밀고, 곧 이어서 오백원짜리 동전을 다미의 손바닥 위에 살짝 떨어뜨렸다.

그날 이후로 남자는 매일 빵집을 찾았다. 다미는 멀리서도 남자가 걸어오는 것을 알 수 있었다. 남자의 걸음걸이가 다른 사람들보다 느긋했기 때문이었다. 혼자만 다른 음악에 맞춰 춤을 추는 것 같았다. 안녕하세요, 하고 남자가 인사를 건네면 바쁜 아침 시간에 실수를 하지 않기 위해 긴장한 다미의 얼굴에도 힘이 좀 빠졌다. 말끔하게 빗은 머리와 알맞게 조여진 넥타이, 구김 하나 없는 재킷, 반짝이는 구두. 남자는 분명 더 이른 시각에 역에 도착할 여유가 있었을 텐데도 매일 정확한 시각에 열차를 타는 게 분명하다고, 다미는 생각했다.

남자는 어떤 일을 하는 사람일까. 역 바깥에서는 어떤 모습일까. 다미는 멀어지는 남자의 뒷모습을 계속 눈으로 좇고 싶었다. 남자가 시야에서 사라질 때까지, 고개를 쭉 빼고서 지켜보고 싶었다. 하지만 너무 바빴다.

항상 열심히 일하시는 모습이 보기 좋아요.

남자가 그렇게 말했을 때 다미는 얼굴이 새빨개졌다. 남자는 빵을 종이봉투에 담기 위해 고개를 숙인 다미의 정수리에 대고 날씨가 덥죠, 라거나 오후에 비가 온다더군요, 라고 말하기도 했다. 오늘이 어린이날이네요, 또는 벌써 복날이군요, 라고 말하기도 했다. 다미는 넥타이가 멋지네요, 이발을 하셨나요, 그렇게 말을 걸어보고 싶다가도 막상 남자가 오면 입이 잘 떨어지지 않았다. 목소리를 잃어버린 인어공주처럼. 그렇게 생각하고는 부끄러워했다.

정오가 되면 다미는 오븐이 과열되지 않게 전원을 끄고 오븐과 냉장고 사이에 간이의자를 두 개 펼쳤다. 빈 생지 상자들을 쌓아 식탁을 만들어 도시락 먹을 준비를 했다. 준비가 다 되면 기다렸다는 듯이 제나 언니가 왔다. 제나 언니는 지하상가의 제나라는 옷가게에서 일하는 점원으로 다미에게 살갑게 굴었다. 처음엔 아이스커피와 단팥빵을 사러 와서는 왜 아이스커피가 뜨거운 커피보다 비싸냐고 화를 냈지만.

오백원은 나중에 줄게요. 나 저기, 제나에서 일하니까 혹시 못 믿겠으면 따라오든지.

제나 언니는 부끄러우면 화를 냈다. 그걸 알고 나니 다미는 제나 언니가 귀엽다고 생각하게 됐다.

제나 언니는 오백원을 가져다주러 왔다가 도시락을 먹는 다미를 물끄러미 보더니 며칠 뒤에 도시락을 싸와서는 같이 먹자고 했다. 도시락을 먹는 동안 빵집에 손님이 오면 다미더러 계속 먹으라고 하고는 대신 주문도 받고 빵도 내어주었다. 도시락을 다 먹고 다미가 커피를 주면, 괜찮다고 해도 꼭 커피값을 냈다. 처음에는 각자 먹을 것을 싸오다가 언제부터인가 다미는 밥을 싸오고 제나 언니는 반찬을 싸와서 반씩 나누어 먹었다.

식당에 가서 먹을 시간도 돈도 없고, 가게에서 먹으면 눈치가 보이고 말이야. 제나 언니는 제나의 사장이 아주 고약하다고 말했다. 아주 고약해. 뭐가 고약하냐면 뭐든지 고약하다고 하는 점이 고약하지. 밥을 먹으라고 하길래 식당에 다녀왔더니 심보가 고약하다고. 그렇게 혼자 여유를 부리면 되겠느냐고 하는 거야. 그래서 자장면을 시켜 먹었더니 냄새가 고약하다고, 옷에 냄새가 배면 손님들이 얼마나 싫어하겠느냐고 하는 거야. 빵하고 커피를 사 먹으면 그거 먹고 일을 제대로 하겠느냐 하고. 도대체 어떻게 하라는 건지.

제나 언니는 제나 사장의 고약함을 말하는 중간중간 빵집 사장에 대해서도 다미 대신 투덜거려주었다. 생지가 좀 남을 수도 있지, 장사가 안 될 수도 있지, 그런 이야기를 하며 밥을 먹고 있는데 저기요, 하고 부르는 소리가 들렸다. 교복을 입은 여자애가 죄송한데요, 11번 출구가 어디예요? 하고 물었다. 다미가 대답했다.

11번 출구는 없어요. 어딜 가시는데요?

여자애가 은행에 간다고 했다.

은행에 가시려면 6번 출구로 나가서 바로 보이는 횡단보도를 건너면 돼요. 건너서 조금만 걸으면 보여요.

다미가 손을 뻗어 6번 출구로 가는 방향을 알려주었다. 여자애가 허리를 꾸벅 숙이고는 총총 걸어갔다. 걸어가다가 아무래도 이상했는지 공익근무요원에게 다시 길을 물어보는 게 보였다. 제나 언니가 혀를 찼다.

안내판을 하나 해달라고 해도 말이야, 들어주질 않네.

그러게요.

11번 출구가 그렇게 중요한 출구였는지 몰랐어.

그러게요.

괜히 사람 번거롭게 말이야. 헛고생시키는 거지.

제나 언니가 말하는 괜한 사람은 11번 출구를 못 찾고 헤매는 사람이 아니라 공익근무요원이었다. 제나 언니는 공익근무요원이 여자애를 6번 출구에 데려다주는 모습을 보고 있었다. 아무래도 언니는 저 사람이 좋은 모양이야. 다미는 그렇게 생각하며 슬쩍 웃었다.

역의 공식적인 출구는 6번까지였다. 7번부터 14번까지는 지하 상가가 점점 커지면서 뻗어나가 생겨난 출구들이었다. 에스컬레이터나 엘리베이터가 있는 앞의 여섯 개 출구와는 달리 7번 출구부터는 작은 쪽문 하나이기도 하고, 빌딩의 지하 아케이드와 연결된 유리문이기도 하고, 한 출구에 두 개의 숫자가 붙어 있기도 했다. 그러던 것이 지하상가가 재정비되면서 숫자 대신 알파벳이 붙었다. 역의 출구와 구별하기 위해서였다. 7번 출구는 A 출구가 되고 8번은 B가 되는 식으로 출구의 이름이 바뀌는 와중에 11번과 12번 출구는 폐쇄되었다. 대신 출구가 있던 공간만큼 새로운 점포가 생겼다.

11번 출구는 꽤 큰 출구였던 터라 그 자리엔 세 개의 점포가 생

겼는데 그중 하나가 제나였다. 폐쇄되기 전에도 공식적인 출구는
아니어서 역의 출구 안내도에는 11번 출구가 없었다. 그런데도 사
람들은 자꾸만 11번 출구를 찾았다. 공익근무요원에게 물어보기
도 하고, 빵집에 와서 다미에게 물어보기도 했다. 11번 출구를 알
고 있던 사람들은 버릇처럼 걷다가 제나 안까지 들어와서 11번 출
구를 찾았다. 11번 출구는 없다고, 없어졌다고 말하면 막막한 얼
굴로 그럼 어떻게 하냐고 되물었다. 때문에 다미와 제나 언니는
역 근방의 지리를 빠삭하게 알았다. 사람들의 목적지에 가장 가까
운 출구를 알려줄 수 있게 되었다.

　맞아, 그건 그렇고 말이야. 큰일이 날 것 같아.

　제나 언니가 말했다.

　큰일이요?

　다미가 되묻자 제나 언니는 고개를 이쪽저쪽으로 돌리며 주위
를 살피다가 목소리를 낮춰 말했다.

　아무래도 재정비에 문제가 있는 모양이야. 상가가 어떻게 될지
도 모르겠어. 어제는 번영회 사무실에서 큰소리가 막 나더라고.
우리 사장도 계속 기분이 안 좋고.

　그러면 언니는 어떡해요?

　가만히 고개를 끄덕이던 다미가 걱정스럽게 묻자 제나 언니는
하하, 소리 내어 웃었다.

　나한테까지 별일이 있겠어? 잘리기밖에 더 할까.

잘린다. 그 말이 문득 서늘하게 느껴져 다미는 목이 메었다. 급하게 물을 마시다 사레가 들렸다. 만약 더이상 빵집에서 일하지 못하게 되면 어떨까. 어떻게 될까. 다미는 갑자기 텅 비어버린 하루에 당황할 자신을 떠올렸다. 에그, 천천히 먹어, 하고 제나 언니가 등을 두드려주었다.

괜찮아?

괜찮아요.

빵집은 역에 있다. 상가에 무슨 큰일이 생겨도 빵집은 별일 없을 것이다. 그러니 괜찮다고, 다미는 생각했다.

저기, 아가씨, 11번 출구가 어디지?

다미에게 말을 걸어온 건 한복을 입은 여자였다. 미처 염색하지 못한 흰머리가 정수리 부근에서 환하게 빛났다. 저고리 소매가 구깃구깃했고 치마를 몸에 바짝 붙게 감아 한 손으로 치맛자락 끝을 붙잡고 있었다. 다미는 저도 모르게 공손히 두 손을 앞으로 모으고, 11번 출구는 없어요, 어딜 가시나요, 하고 물었다.

그게 무슨 소리야?

11번 출구는 없고요, 가시는 곳을 말씀하시면 가까운 출구를 알려드릴게요.

내가 분명 11번 출구라고 똑똑히 들었는데 없다니, 그게 말이 돼? 아가씨, 내가 찾는 곳은 11번 출구야. 11번 출구에서 만나기로 했단 말이야.

여자는 막무가내였다. 다미는 죄송하지만, 하고 입을 열었다.

11번 출구는 없고요. 혹시 11번 출구가 있던 자리를 찾으시는 거면 저쪽 상가의 C 출구로 나가시면 그 근처거든요.

11번 출구라니까, C 출구는 또 무슨 소리야. 아가씨, 정말 왜 이래?

여자가 역 이름을 말하며 여기가 맞잖아, 그렇잖아, 하고 언성을 높였다. 그건 맞는 말이어서 다미는 네, 하고 대답했다.

그래, 맞잖아. 여기가 맞잖아. 그런데 왜 자꾸 아가씨는 이상한 소리를 하난 말이야.

다미는 억울했다. 여자의 목소리가 점점 더 커져서 지나가는 사람들이 힐끔힐끔 여자와 다미를 쳐다봤고, 빵을 사러 오던 사람들은 발길을 돌려 빵집을 피해 갔다. 다미는 큰 잘못을 한 사람처럼 점점 어깨가 움츠러들었다. 저쪽에서 공익근무요원이 걸어오는 게 보였다. 다행이다. 다행이라고 다미는 생각했다. 그가 여자를 데려갈 것이고, 모든 게 나아질 것이다. 그런 생각을 하면서 눈을 질끈 감았다.

11번 출구를 찾으시나요?

너무 빠르다, 고 생각하며 눈을 떴다가 다미는 깜짝 놀랐다. 남자가 서 있었다. 아침마다 다미에게 안녕하세요, 하고 인사를 해주는 남자, 좋은 하루 되라고 웃어주는 남자, 잘 다려진 셔츠를 입고 친절한 얼굴을 한 남자가 서 있었다. 남자는 그날 아침 뜨거운 커피와 단팥빵을 사갔던 모습과 똑같은 모습으로 서 있었다. 남자가 여자에게 다시 물었다.

11번 출구를 찾으시는 거죠?

차분하고 다정한 목소리였다.

그래요, 11번 출구를 찾아요. 그런데 이 아가씨가 계속 이상한 소리를 하는 거야. 출구가 없다는 둥 C 출구가 어떻다는 둥.

11번 출구로 가시는 거죠?

남자가 아까보다 더 부드러운 목소리로 말했다. 여자가 수그러진 목소리로 네, 하고 대답했다. 남자가 말했다.

저를 따라오세요.

다미는 11번 출구는 없다고 말하려고 했다. 무슨 말씀이세요, 11번 출구는 없잖아요. 그렇게 말하려고 했다. 하지만 남자가 웃고 있어서, 능숙한 가이드처럼 여자를 이끌어서, 그만 그런 말을 할 순간을 놓치고 말았다. 사실은 11번 출구가 아직 있는 게 아닐까, 혹시 다시 생긴 건 아닐까 싶을 정도로 태연한 남자의 얼굴도 다미를 망설이게 했다. 남자와 여자가 지하상가를 오가는 사람들 틈으로 사라지고 난 뒤에야 공익근무요원이 다미에게 말을 걸었다.

무슨 일이에요?

11번 출구 때문에요.

아, 또요, 하고 돌아서려는 공익근무요원에게 다미가 말했다.

작은 안내판 같은 거라도 하나 붙여두면 어때요? 11번 출구가 있었는데 없어진 거다, 대신 C 출구랑 가깝다, 그런 내용으로요.

곤란합니다.

공익근무요원이 망설임 없이 대답했다.

이 역에 11번 출구는 원래 없어요. 그런 내용의 안내문을 붙일 필요는 없습니다.

그래도 매번 이런 일이 생기는 것도 곤란하잖아요.

곧 그런 일도 없어질 겁니다.

네?

역과 지하상가를 더이상 연결해두지 않을 예정이니까요.

저녁 도시락을 먹으러 온 제나 언니를 보며 다미는 고민했다. 공익근무요원에게 들은 이야기를 해야 하나. 역과 지하상가 사이에 벽을 세운다는 이야기. 다미는 곰곰이 생각했다. 벽이 생기면 언니와 도시락을 먹는 일은 없으려나. A 출구로 나와서 2번 출구로 들어오면 되는데. 언니가 그렇게 해서 와주려나. 같이 도시락을 먹어주려나. 그렇게 생각하다보니 점점 밥을 씹는 속도가 느려지고 삼키는 횟수도 줄었다.

왜 그러니? 무슨 일 있니?

언니, 가게에 11번 출구를 찾는 사람이 오지 않았어요?

아니, 없었어. 그러고 보니 오늘은 없었네.

키는 이 정도, 되는 남자랑 한복 입은 여자가 11번 출구를 찾지 않았어요? 이상하다. 분명 11번 출구로 간다고 했거든요.

11번 출구는 없잖아.

그러게요. 11번 출구는 없는데 11번 출구로 간다고 했거든요. 그러면 다시 돌아왔을 텐데. 이상하다, 하고 다시 돌아왔을 텐데 안 돌아왔거든요. 그냥 가버렸거든요.

C 출구로 나갔겠지.

그렇겠죠?

아니면 다른 출구로 나갔을 수도 있고.

그렇지만 꼭 11번 출구여야 한다고 했어요.

11번 출구는 없잖아.

맞아요.

네가 못 본 사이에 지나갔을 수도 있지.

못 봤을 리가 없는데. 그 남자를 못 알아봤을 리가 없는데. 다미는 그렇게 생각하면서 역시 C 출구로 나갔나보다, 하고 중얼거렸다. 그랬나보다. 그렇게 생각할수록 단호하게 느껴질 정도로 태연했던 남자의 얼굴이 떠올랐다. 저를 따라오세요, 하고 말했던 남자의 목소리가 생생했다. 돌아서서 걸어가는 남자는 분명 11번 출구로 간다고, 갈 수 있다고 생각할 수밖에 없는 몸짓이었다. 하지만 곧 당황했겠지. 무언가 잘못되었다는 것을 깨닫고는 조금 부끄러워졌겠지. 다미는 생각했다. 혹시 그저 곤란한 상황에 처한 자신을 구해주기 위해서는 아니었을까. 11번 출구가 없어졌더군요, 하고 남자가 말을 걸어오면 모르는 척 함께 놀라야겠다고 생각했다.

　밤이 되면 빵집은 한산해진다. 사람들은 빵집에서 커피나 빵을 사는 것보다 어서 역을 벗어나기를 바란다. 다미는 빵집 앞에 '1+1' 안내판을 세운다. 생지를 남기면 곤란하다. 남은 생지로 구운 빵은 새 생지로 구운 빵과 냄새부터 다르다.
　오늘은 좀 어때, 얼마나 남았나, 하고 사장이 가게 안으로 들어왔다. 다미가 막 오븐에 넣으려던 생지를 사장에게 보여주었다.
　한 판씩 남았어요. 아마 다 팔릴 거예요.
　그래, 그래, 하며 사장이 몇 걸음 되지 않는 가게 안을 절뚝거리며 돌아다녔다.
　별일은 없었고?
　별일이요?
　무슨 이상한 일이나 그런 거 말이야.
　이상한 일이요?
　그래, 아니면 이상한 사람이 왔었다거나.
　다미는 한복을 입은 여자와 그 여자를 데려갔던 남자를 떠올렸다. 11번 출구를 찾는 사람이 있었는데요, 하고 말하자 사장은 쯧, 하고 혀를 찼다.
　그런 거 말고. 그런 일은 흔하잖아. 뭔가 특별한 일이 없었느냔

말이야. 누가 막 기웃거린다거나 하는 일이 없었어?

다미는 얌전히 고개를 끄덕였다.

네, 없었어요.

그래, 그래, 하며 사장이 금고를 열어 지폐를 세었다. 지폐를 세면서 그리고 말이지, 하고 말했다.

내일은 안 나와도 되겠어.

네?

빵집 문을 닫나요? 물었더니 사장은 아니라고 대답했다.

아니, 내일은 내가 나올 테니까, 안 나와도 된다는 소리야.

다미가 떨리는 목소리로 물었다.

그러면 저 잘리는 건가요?

사장은 다미를 힐끔 쳐다보고는 다시 세고 있던 지폐로 시선을 돌렸다.

아니, 휴가 같은 거지. 휴가.

휴가라니. 다미는 그 단어를 가만히 머릿속으로 굴려보았다. 휴가, 휴가, 라니. 낯설었다. 빵집에서 일하기 시작한 뒤로 한 번도 휴가를 받은 적이 없었다. 비가 오나 눈이 오나 열차가 역의 플랫폼으로 들어오듯이, 다미도 매일매일 성실하게 빵집 문을 열었다.

그래, 휴가.

저는 괜찮아요.

왜, 늦잠도 좀 자고 그래.

별로 잠이 없어요.

친구를 만나거나 어디 가서 맛있는 것도 좀 먹고 말이야.

괜찮아요.

사장은 다미의 고집스러운 괜찮다는 말에 질린 듯 한숨을 쉬었다.

그래, 그러면은 내일은 나를 아버지라고 불러.

아버지라고요?

그래, 잊지 말고 말이야.

사장은 지폐 뭉치를 반으로 접어 주머니에 넣고는 신고니 제보니 단속이니 정찰이니 하는 말을 하다가 절뚝거리며 가게를 나섰다. 어쩐 일인지 역 바깥으로 나가는 동안 내내 절뚝거렸다. 절뚝절뚝 걸으며 멀어지는 사장의 뒷모습을 보면서 다미는 제나 언니가 소곤거리며 해준 말을 떠올렸다. 정말 큰일이 나려나.

이상한 아침이었다. 다미가 빵집에 도착했을 때 빵집 문은 이미 열려 있었다. 불이 켜진 빵집을 바깥에서 보는 건 처음이었다. 다미는 어색하게 가게 안으로 들어가 앞치마를 입고 머리에 수건을 둘러 묶었다. 생지도 벌써 도착해서 사장이 냉장고에 넣어둔 뒤였다. 생지를 배달하는 청년은 조금 섭섭하지 않았을까. 자신이 없어서, 커피를 주는 사람이 없어서, 서운한 마음으로 트럭으로 돌아가지 않았을까, 다미는 생각했다.

공익근무요원이 커다란 자루를 실은 손수레를 끌고 빵집 앞을 지나갔다. 수레에서 자루를 꺼내 빵집 옆 지하상가와 맞닿은 쪽에 쌓았다. 이제 커피를 사러 오려나, 빵을 사러 오려나. 다미는 카운터에 서서 기다렸다. 하지만 그는 빈 수레를 끌고 빵집 앞을 지나쳐서 역무원들이 쓰는 휴게실로 들어갔다. 그리고 또 수레에 자루를 싣고서 아까와 같은 자리로 가 자루들을 쌓았다.

다미는 카운터에 서서 주문을 받아 계산을 했고 사장이 오븐과 진열대 사이에 서서 빵을 굽고 종이봉투에 담았다. 사장의 움직임이 생각보다 능숙해서 다미는 괜히 멋쩍어졌다. 두 사람이 일을 나누니 아침 시간도 그다지 바쁘지 않았다. 오히려 허전할 정도였다. 빨리 좀 주세요, 라고 매일 말하는 손님이 있는데 그런 말을 할 틈도 없이 지나가버렸다. 심지어 다미가 멀뚱히 서 있을 짬도 났다.

안녕하세요.

네, 안녕하세요.

다미는 남자가 오기를 기다리면서도 오늘은 오지 않을지도 모른다고 생각했다. 어쩌면 영영 오지 않을지도 모른다고. 토끼굴에 떨어져 이상한 나라로 가버린 앨리스처럼, 어딘가에 여전히 몰래 남아 있는 11번 출구로 들어간 남자가 먼 곳으로 떠났다는 상상까지도 했던 것이다. 하지만 남자는 지금 다미의 눈앞에 있었다.

뜨거운 커피 한 잔하고 미니 크루아상 하나 주세요.

천오백원입니다.

다미는 평소와 다름없이 웃는 남자의 얼굴을 봤다. 남자는 항상 그랬듯이 다미가 천원짜리 지폐를 받기를 기다렸다가 다미의 손바닥에 놓인 천원짜리 지폐 위로 오백원짜리 동전을 살짝 떨어뜨렸다.

저기, 저기요.

네?

어제, 하고 다미는 망설였다.

어제?

남자는 다미 쪽으로 몸을 살짝 기울이고 눈을 조금 더 크게 떴다. 말씀하세요, 남자의 얼굴은 그렇게 말하고 있는 것 같았다. 다미의 다음 말이 무엇이든 들어줄 준비가 되어 있다는 듯이. 어제 11번 출구로 가셨나요, 거기 11번 출구가 있었나요, 없어서 C 출구로 가셨죠, 그렇죠.

딸, 뭐해. 손님 기다리시는데.

사장이 다미의 어깨를 짚었다. 다미는 오늘은 사장을 아버지라고 부르기로 했던 것을 떠올리며 사장이 건네준 봉투와 커피를 남자에게 전했다.

좋은 하루 되세요.

남자가 묵례를 하고 돌아섰다.

상가의 점포들이 하나둘 문을 열기 시작하면서 역은 소란스러워졌다. 빵집 옆에 쌓인 자루들이 문제였다. 빵집 옆에 눈사람처럼 쌓여 있던 자루들은 점점 옆으로도 뻗어나가 길게 누운 형태가 되었다. 공익근무요원이 몇 번 더 자루들을 가져왔고 곧 그 자루들이 어떤 역할을 할 것인지가 명확해졌다. 자루들은 역과 지하상가를 나누는 경계가 되었다.

성인의 무릎 정도 높이여서 넘어가려고 하면 못 넘을 것이 없는 낮은 담이었지만, 담이 생기자 사람들은 망설이다가 돌아갔다. 어떤 사람들은 화를 내면서 역무원을 찾기도 했다. 금세 상가 사람들도 그 담의 존재를 알게 되었다. 담과 가까운 곳에서 점포를 운영하는 사람들이 항의를 했다. 공익근무요원은 자신의 책임이 아니라고 대답했다.

저는 그저 주어진 일을 할 뿐입니다.

그러니까 아직 결정이 되지도 않았는데, 협의를 하고 있는 와중인데 왜 그런 일이 주어졌냐는 말입니다.

모릅니다.

어떻게 모를 수가 있습니까.

제가 어떻게 알 수가 있겠습니까.

공익근무요원이 피곤해 보이는 얼굴로 한숨을 쉬었다. 다미는 빵집 안에서 사장과 함께 그 모습을 보고 있었다.

오늘 장사하긴 글렀군. 사장이 투덜거렸다. 하필이면 바로 옆에서 이 난리가 나서 말이야.

다미는 상가번영회 사람들 틈에서 제나 언니를 보았다. 역을 빠져나가려는 사람들이 상가 쪽 출구를 이용하기 위해 다가오자 공익근무요원이 이제 이쪽으로는 다니시면 안 됩니다, 하고 말했다. 번영회장이 공익근무요원의 멱살을 잡았다. 공익근무요원이 그 손을 뿌리치려고 팔을 휘두르다가 말리러 다가온 제나 언니의 얼굴을 쳤다.

어, 하고 다미는 몸을 뺐다. 가게 밖으로 나가려고 했다. 사장이 다미를 붙들었다.

딸, 저쪽은 신경쓰지 마. 괜히 휘말려서 좋을 게 없어. 우리하고는 상관없는 일이야.

담 위에는 나무판자를 청테이프로 붙여 만든 가벽이 세워졌고 접근 금지, 라고 적힌 종이가 붙었다. 사장은 빵집을 찾아오는 손님들에게 전에 없이 친절했다. 아이고, 감사합니다, 감사합니다, 하며 유독 다리를 절뚝거렸다. 그러곤 손님이 가고 나면 다미를 향해 저 사람은 자주 오는 사람이냐고, 전에도 본 적이 있냐고 물었다. 다미는 잘 모르겠다고 했다.

오늘은 이만 퇴근해.

네?

사장이 상가 방향에 세워진 가벽을 가리키며 말했다.

분위기가 흉흉해가지고 이거 뭐 손님이 오겠느냐고. 오늘 수고했어, 딸. 일찍 들어가라고.

다미는 네, 사장님, 하고 고개를 숙였다. 가게가 아직 열려 있는데 가게 밖으로 나오다니. 다미는 자꾸만 빵집을 돌아보았다. 불 켜진 빵집 너머로 가벽이 보였다. 제나 언니는 어떻게 됐을까. 도시락은 누구랑 먹었을까. 그렇게 생각하며, 열차를 타러 가는 대신 2번 출구로 나가 A 출구로 들어갔다.

상가는 생각보다 복잡했다. 다미는 자신이 상가 안쪽으로 처음 들어왔다는 걸 새삼스럽게 깨달았다. 터널 같은 지하도 안을 양옆으로 늘어선 간판들이 휘황찬란하게 비추고 있었다. 제나, 제나라는 이름을 찾아 두리번거렸다. 화장품을 파는 점포들이 이어진 구간을 지나자 옷가게들이 나타났다. 옷가게 사이에는 프랜차이즈 제과점도 있었다. '아이스 아메리카노 2500원. 함께 구입하시면 샌드위치가 2000원.' 유리벽에 광고지가 붙은 그 제과점 안에 제나 언니가 있었다.

어서 오십시오, 고객님. 반갑습니다.

파란 리본이 달린 유니폼을 입은 직원이 카운터에 서서 인사를 했다. 딸랑딸랑, 유리문에 매달린 종이 울렸다. 제과점은 다미의 빵집보다 훨씬 컸다. 손님들이 음료와 빵을 먹고 갈 수 있도록 테이블과 의자도 있었다. 그 테이블 중 한 곳에 제나 언니가 앉아 있었다. 다미는 그 옆에 가서 섰다. 아까는 괜찮았느냐고, 도시락은 누구랑 먹었느냐고, 그렇게 말을 걸어도 되는 걸까. 다미는 망설였다. 제나 언니는 나무 쟁반 위에 빈 컵과 반쯤 먹은 샌드위치를 올려놓고 앉아 있었다. 다미를 쳐다보지 않았다.

저기, 하고 다미가 제나 언니의 어깨를 짚었다. 언니는 나무 쟁반을 집어들고 자리에서 일어섰다.

네가 그 가게 사장님 딸인 줄은 몰랐네. 내가 좀 우스웠겠네.

그렇게 말하고는 다미가 붙잡을 새도 없이 성큼성큼 걸어갔다. 카운터에 나무 쟁반을 올려놓고는 제과점 밖으로 나가버렸다. 다미는 어물어물 그 뒤를 따라갔다. 저기, 저기, 하면서 제과점 밖으로 나오자 제나 언니는 어디로 갔는지 보이지 않았다. 등뒤에서 좋은 하루 되십시오, 고객님, 하고 인사하는 제과점 직원의 목소리가 들렸다.

제나를 찾아야 한다. 제나 언니는 부끄러워하고 있을 것이다. 부끄러우면 화를 내는 사람이니까. 가서 괜찮다고, 사실은 그런 게 아니라고 말해주고 함께 투덜거리고 나면 언니의 마음이 풀릴 것이다. 다미는 그렇게 생각하며 걸었다. 손님이 없어 한가해 보이는 점포마다 들어가 물어봤다.

저기, 제나는 어디죠?

제나?

네, 옷가게인데요.

글쎄, 옷가게가 워낙 많으니까. 기호는 모르고?

상가의 점포들은 간판 아래에 위치를 표시하는 기호를 붙이고 있었다. 수많은 점포가 있으니 찾기 쉽도록 일종의 주소 역할을 하는 기호였다. 하지만 다미는 제나의 기호를 몰랐다. 알고 있는 건 언니가 일하는 옷가게라는 것, 재정비를 하면서 새로 생긴 점포라는 것. 다미는 제나가 11번 출구가 있던 자리에 생긴 점포라는 걸 기억해냈다.

그럼 저 혹시 11번 출구, 11번 출구가 있던 자리가 어딘가요?

점포 주인은 이상한 사람을 본다는 눈빛으로 다미를 훑어보더니 그런 출구는 없잖아요, 하고 말했다. 옆 점포에도 가봤지만 11번, 까지만 말해도 귀찮다는 듯이 손사래를 쳤다. 다미는 지하상가가 이렇게 크다니, 하고 놀랐다. 끝도 없이 이어질 것 같았다. 다미는 헤맸고, 누구도 다미가 원하는 대답을 해주지 않았다. 이대로 영영 제나도, 언니도 찾지 못할 것만 같았다. 다미는 문득 남자를 떠올렸다. 11번 출구를 찾으세요? 만약 지금 남자가 그렇게 물어온다면, 11번 출구는 없잖아요, 하고 말하는 대신 고개를 끄덕일 수밖에 없을 것 같았다. 네, 11번 출구를 찾아요. 어디인지 아시나요?

하지만 남자는 나타나지 않았다. 다미는 하염없이 걷다가 멈춰섰다. 막혀 있었다. 빵집 옆으로 세워진 가벽, 그 반대편에 다미가 서 있었다.

가벽은 곧 벽이 되었다. 그 공사를 하는 중에 빵집이 철거되었다. 얼마 동안 사람들은 갑자기 벽이 생긴 이유를 궁금해했다. 빵집을 찾았다가 투덜대며 발걸음을 옮기는 사람도 있었다. 하지만 점점 뜸해지다가 결국은 없어졌다. 빵집 사장은 역과 쇼핑센터를 연결하는 지하 아케이드 입구에 새로운 가게를 열었다. 다미는 그 가게에서 신문과 잡지, 복권을 팔았다. 아케이드 입구는 7번 출구가 되었다. 역의 공식적인 출구는 여전히 1번부터 6번까지이고 7번 출구는 출구 안내도에 없었지만 사람들은 거기가 7번 출구라는 걸 알았다.

사장은 일주일에 한 번, 복권 당첨자를 발표하는 날마다 선글라스를 끼고 지팡이로 바닥을 두드리며 가게에 들렀다. 작은 상자 같은 새 가게에는 돈과 손만 오갈 수 있는 조그마한 구멍이 있었다. 다미는 가끔 돈을 내미는 사람들의 손이 안쪽까지 들어오면, 혹시 예전에 빵집에 오던 손님은 아닐까, 하며 유심히 보았다. 커피를 마시던 사람들을, 빵을 사가던 사람들을, 그 얼굴들을 가만히 떠올려보았다. 궁금한 얼굴들을 생각했다. 그리고 혹시나 누군가 11번 출구가 어디예요, 하고 물어오기를 기다렸다. 11번 출구는 없어요, 어디를 가시나요, 하고 되물으면 그럴 리가요, 11번 출구에서 만나기로 했는데요, 하고 누군가 대답하기를 기다렸다. 그러다 갑자기 불쑥 끼어드는 친절하고 다정한 목소리가 있기를 기다렸다. 자신이 진정으로 기다리는 것이 누구의 목소리인지 다미가 깨닫게 되는 건, 시간이 조금 더 흐른 뒤의 일이다.

미션

미경은 사람들에게 떠밀리듯 열차에서 내렸다. 서울발 KTX 열차를 탄 미경이 부산역에 도착한 건 일요일 아침 열시 사십분이었다. 종착역을 알리는 안내방송 덕분에 간신히 눈을 떴지만 좀처럼 잠이 깨질 않았다. 미경은 열차에서 내려 바쁘게 움직이는 사람들을 헤치고 승강장 벤치에 앉았다. 앉아서 찬 공기를 쐬면 정신이 좀 들지 않을까 싶어서였다. 안개가 낀 것처럼 부옇게 흐린 머릿속에는 방금까지 꾸고 있었던 꿈의 장면이 조각조각 흩어진 채 떠다녔다.

꿈속에서 미경은 편지를 쓰고 있었다. 누구에게? 기억이 잘 나지 않았다. 무슨 내용을 쓰고 있었는지도 떠오르지 않았다. 수신자도 내용도 모르는 편지. 그 편지를 아주 공들여 쓰고 있었다는 것만이 분명했다. 같은 열차를 타고 온 사람들이 모두 승강장을 빠져나가는 동안, 미경은 자꾸만 감기는 눈을 억지로 뜨려고 노력하며 그 편지에 대해 생각했다. 그러다 문득 두 주먹을 세게 쥐었다가 펴보았다. 손가락이 의도한 것보다 느리게 움직이는 것 같았다. 엄지손톱으로 다른 네 손가락 끝을 꾹꾹 눌러보았다. 통증이 느껴졌다. 미경은 그것이 적절한 감각인지 판단할 수 없어서 두려웠다. 그러는 와중에도 계속 하품이 나고 졸음이 밀려왔다.

평소라면 이불 속에 있을 시각이었다. 주말은 항상 모자란 잠을 채우느라 바빴다. 게다가 간밤엔 쉽게 잠들지 못하고 오래 뒤척이기까지 했다. 하지만 생체리듬이나 수면 시간이 문제가 아니라는 걸 미경은 알았다. 도피성 수면과 공황장애. 투약을 중단해도 좋다는 진단을 받은 지 얼마 되지 않았다. 겨우 잠잠해졌던 증상이 다시 시작된 원인은 명확했다. 미경은 자신의 가방 속에 있는 봉투를 생각했다. 봉투 겉면에 적혀 있는 자신의 이름과 그것이 상기시키는 어떤 기억에 대해.

역 안 카페에 들어가 뜨거운 커피를 마시자 장막이 걷히듯 시야가 또렷해졌다. 그제야 서울보다 높은 부산의 겨울 기온이 느껴졌다. 미경은 입고 있는 패딩을 넣어둘 코인 로커를 찾기로 했다.

낯익은 광고판이 코인 로커 위쪽의 벽면을 가득 채우고 있었다. 춘천에서 시작된 전시가 서울 초청전을 마치고 부산에서 특별전을 연다는 내용이었다. 미경은 그 전시를 보기 위해 춘천에 간 적이 있었다. 작년 여름이었다. 새로운 절을 짓기 위해 옛 절터를 파다가 발견된 석상의 일부를 공개하는 전시였다. 땅속에 오래도록 잠들어 있던 수백 개의 돌이 열반의 미소를 짓고 있다고 했다. 미경은 수아와 함께 점심을 먹고 시외버스 터미널 앞을 지나다가 전시 광고를 보게 되었고 충동적으로 춘천행 버스를 탔다. 정작 전시가 진행되는 박물관이 정기 휴관일이라 전시를 보지는 못했지만, 박물관 앞 식당에서 먹은 닭갈비와 막국수는 맛있었다.

"전시 기간 중에 다시 올 수 있을까? 아마 어렵겠지?"

"걱정 마. 내가 꼭 보게 해줄게."

수아는 서울에서 초청전을 열면 된다며, 꼭 성사시켜주겠노라고 호언장담했다. 그때 수아는 서울의 한 박물관에서 연구원으로 일하고 있었다.

"너 맨날 학예사 심부름만 한다며."

"이 전시가 좋다는 소문이 자자하다고 옆에서 바람 좀 잡으면 돼."

수아는 학예사의 귀가 얼마나 얇은지 모른다며 깔깔 웃었다. 나쁜 사람은 아닌데, 사람은 참 좋은데, 아무래도 귀가 너무 얇은 게 문제라면서. 후에 그 학예사의 얼굴을 보게 된 미경은 그가 생각보다 고집스러운 인상이어서 놀랐다. 저런 사람이 정말 그렇게 귀가 얇을까, 의아하기까지 했다.

발목까지 내려오는 긴 패딩은 코인 로커에 잘 들어가지 않았다. 미경은 온몸으로 패딩을 끌어안고 공기를 뺐다. 금세 이마에 땀이 맺혔다. 패딩이 다시 부풀어오르기 전에 로커 안으로 밀어넣고 재빨리 문을 닫았을 때에는 땀방울이 턱끝까지 흘렀다. 로커를 잠그고 화장실로 가서 화장을 고쳤다. 거울 앞에서 이리저리 몸을 돌리며 매무새를 살폈다. 패딩 안에 입고 있던 모직 코트와 원피스가 많이 구겨지지 않아 다행이라고 생각했다.

"로얄컨벤션으로 가주세요."

택시 기사는 산으로 가는 길과 바다로 가는 길이 있는데 어느 쪽으로 가겠느냐고 물었다. 미경이 빠른 길로 가달라고 하자, 택시 기사는 걸리는 시간은 비슷하다고 대꾸했다.

"볼거리가 다른 거지요. 부산에 왔으니까 바다부터 보자고 달려들거나 부산에도 이런 산이 다 있구나 하거나. 관광 오신 거 아닙니까? 뭐부터 보고 싶습니까?"

"아뇨, 저 일하러 온 거예요."

미경은 더이상 대화를 하지 않겠다는 의지를 보여주기 위해 의자에 깊숙이 몸을 기대고 눈을 감았다. 택시는 거칠게 출발했다. 미경은 아까 꿈에서 쓰던 편지의 수신자가 수아일지도 모른다고 생각했다.

택시에서 내린 미경은 예식장 근처 편의점에 들러 ATM기에서 돈을 뽑았다. 팀원 여덟 명 모두가 모은 축의금이었다. 사원은 오만원, 대리 이상은 십만원, 팀장은 이십만원. 미경은 팀장의 당부대로 만원권으로 뽑아 미리 준비한 봉투에 넣었다. '최고의 팀워크, 해상 2팀.' 팀장의 이름이 가장 위에 크게 적혀 있고 그 아래로 미경을 비롯한 팀원들의 이름이 그보다 조금 작게 적혀 있었다.

미경의 부산행은 어젯밤 급하게 결정된 것이었다. 전화벨이 끈질기게 울리고 있을 때, 미경은 욕실에서 샤워중이었다. 휴대폰은 침대 위에 있었다. 미경은 토요일 밤 아홉시에 자신에게 전화를 걸 만한 얼굴들을 떠올려보았다. 반가운 얼굴은 없었다. 전화벨은 미경이 샤워를 마칠 때까지 끊겼다가 다시 울리길 반복했다. 부재중전화 다섯 통. 휴대폰을 집어들자 액정이 깜빡거리며 안내 메시지가 떴다. 발신자는 뜻밖이었다. 미경의 입사 동기이자 같은 팀인 희진이었다.

"미경씨, 왜 이렇게 통화가 안 돼? 미션은 왜 안 읽어?"

희진의 목소리는 다급했다. 미경은 휴대폰을 스피커 모드로 바꾸고 미션을 실행했다. 미션은 미경과 희진이 근무하는 물류회사 어플라이로지스틱스의 사내 업무용 프로그램으로 메일, 게시판, 메신저 기능 등이 있었다. 직원 모두가 사무실 컴퓨터와 개인 노트북은 물론 휴대폰에도 설치해야 했다. '사내외의 애로사항을 반영하여 보다 편리한 업무 환경을 위해 탄생했습니다.' 미션의 탄

생을 알리는 대표의 전체 메일은 경고에 가까운 권고로 마무리되었다. '글로벌 고객사를 상대하는 우리에겐 모든 시간이 업무 시간일 것입니다. 업무중에는 항상 접속 상태를 유지하십시오.'

미션의 첫 화면에서 메신저 아이콘이 빨갛게 깜빡였다. 해상 2팀 대화방에 미경이 읽지 않은 이백여 개의 새 메시지가 있었다. 마지막 메시지를 보낸 사람은 팀장이었다.

—미경씨는 메시지 보는 대로 나한테 따로 연락 줘.

샤워로 덥혀놓은 몸이 빠르게 식었다. 미경은 자신이 금요일 퇴근 전 마지막으로 처리한 서류가 무엇이었는지 생각했다. 부산에서 LA로 보내는 이십 피트 드라이 컨테이너 건이었다. 특별할 것 없는 일상적인 업무였다. 그러나 치명적인 실수는 익숙한 동작에서 발생하기도 한다. 식탁에 올려두려다 놓쳐버린 유리컵이 하필이면 가장 아끼는 컵인 것처럼. 미경은 빠르게 대화방 화면을 위로 스크롤했다. 그 서류가 잘못되었다면 메시지가 몇백 개 되는지 따위는 문제가 아니었다. 다급하게 메시지를 훑던 미경의 눈에 드디어 사태를 파악할 수 있는 단어가 들어왔다.

정준석.

그리고 미경은 자신에게 닥친 일이 뒤바뀐 컨테이너를 실은 채 출항한 배보다 더 끔찍하다고 생각했다. 다음날인 일요일 오후 한시, 부산으로 가서 정준석의 결혼식에 참석해야 했다. 팀장 이름으로 보낸 화환이 예식장에 잘 도착했는지 확인해서 사진을 찍고,

팀장과 팀원들의 이름이 적힌 축의금 봉투를 전달하고, 식권을 받아 식사를 하며 부산 지사 사람들에게 서울 본사에서도 사람이 왔다고 얼굴도장을 찍어야 했다. 무엇보다 손님을 맞으며 환하게 웃고 있을 정준석을 마주해야 했다.

"다들 일이 있다고 빠져나가는데 미경씨만 답이 없는 거야. 내가 주말인데 미경씨도 선약이 있지 않겠느냐고 좀 기다려보자고 했는데 팀장이 무시하고 정해버리더라고."

팀장은 퇴근한 뒤에는 미션의 알림 기능을 끄는 미경을 못마땅해했다. 알림을 끈다고는 해도 신경을 아예 쓰지 않을 수는 없어서 주말에도 서너 시간에 한 번씩은 미션에 접속해 메일과 메시지를 확인하고는 했다. 그런데 왜 하필 이때에. 화면을 끝까지 올려 확인한 메시지의 시작은 팀 대표로 참석하기로 했던 윤대리가 교통사고로 입원했다는 소식을 전하면서부터였다. 그 뒤로 팀원들의 바쁜 주말 일정이 줄줄이 이어졌다.

"가고 싶은 사람이나 갈 것이지."

희진이 말하는 사람은 팀장이었다. 누구보다 정준석의 결혼식에 직접 참석하고 싶었을 그는 안타깝게도 거래처 임원과의 골프 약속이 있었다.

"미경씨, 어떡해. 혼자 가기 좀 그러면 내가 같이 갈까?"

"아냐, 한 사람이라도 더 불행해지진 말아야지. 귀한 주말에."

애써 장난스럽게 말했지만 불행이라는 단어를 말할 때는 진심이었다. 미경은 희진과의 통화를 마치고 팀장에게 문자메시지를 보냈다. 늦은 시각에 연락드려 죄송하다고, 사정이 있어 휴대폰을 보지 못했다고, 통화 괜찮으시면 전화드리겠다고. 곧바로 답장이 왔다.

— 축의금 모은 거 쏠 테니 계좌번호 보내. 가서 꼭 얼굴 보고 인사하고.

정준석의 모바일 청첩장은 미션 게시판에 전사 공지사항으로 올라와 있었다. 댓글을 달면 '편의를 위한 익월 월급 공제' 대신 개인 축의를 하겠다는 뜻으로 알겠다는 말과 함께. 댓글은 하나뿐이었다. '정준석 과장의 결혼을 축하합니다. 역시 인물이 훤합니다. 해상 2팀은 각별한 의리로 따로 축의 할 예정이니 단체 명단에서는 빼주기 바랍니다.' 팀장이 남긴 것이었다.

팀장이 몇 번이고 가장 잘 보이는 자리에 놓아달라고 주문한 화환은 축의금을 받는 테이블 바로 옆에 놓여 있었다. 미경은 화환 사진을 찍고 방명록에 팀장과 팀원들의 이름을 적었다. 축의금 봉투를 건네고 식권을 받았다. 미션 대화방에 화환 사진을 올렸다. 일요일인데 수고가 많다며, 간 김에 법인 카드로 회라도 사 먹으라는 농담 아래로 팀장의 다급한 메시지가 이어졌다.

— 그냥 나오지 말고
— 식 끝날 때까지 자리 지켜

―식 사진도 좀 찍어 보내고

―정과장한테는 인사했어?

미경은 예식장 로비를 가득 채운 사람들 틈에서 단번에 정준석을 찾아낼 수 있었다. 뿐만 아니라 그가 지금 몹시 목이 마르고 두통을 느끼고 있다는 것도 알 수 있었다. 훈련의 결과였다. 그는 미경이 어디서든 자신을 찾아내고 자신이 원하는 것을 재빨리 알아채기를 원했다.

"미경씨, 오랜만이네! 잘 지냈어?"

예복을 입은 정준석의 가슴에는 노란색 부토니에르가 꽂혀 있었다. 정준석은 흰 장갑을 낀 손으로 미경의 손을 잡았다. 미경은 악력이 거의 느껴지지 않는 가벼운 악수에 놀랐다. 오랜 친구를 만난 듯 다정한 눈빛과 기쁨이 묻어 나오는 목소리. 정준석은 그 자리의 주인공으로서 미경을 환대하고 있었다. 그리고 미경이 주춤하는 사이 미경의 대답 같은 건 애초에 기다리지도 않았다는 듯 다음 손님을 향해 몸을 돌렸다.

정준석은 신입사원 교육 때부터 미경의 사수였다. 팀장은 미경에게 운이 좋다고 말했다. 정준석 덕분에 미경이 일을 빨리, 제대로 배울 수 있을 거라고 했다. 입사 동기들도 미경을 부러워했다. 미경이 맡은 일을 하나하나 살피고 외근을 나갈 때마다 미경을 데리고 가는 정준석이 분명 미경에게 도움이 될 거라고 했다. 그 말들은 맞았다. 미경은 동기들이 엄두도 못 내는 서류들을 처리할 수 있었고, 정준석을 따라다니며 거래처에 명함을 돌리고 얼굴을 알릴 수 있었다. 하지만 그 대가로 퇴근 후 정준석의 와이셔츠를 세탁소에 맡기고, 정준석 차의 엔진오일을 갈아야 했다. 일주일에 서너 번은 대리기사 노릇을 했고, 정준석이 사우나에 들어가 있는 동안 정준석의 휴대폰으로 걸려오는 전화를 받았다. 후배 직원이 아니라 개인비서나 다름없었다.

"미경씨, 맞죠?"

미경의 어깨를 짚은 것은 해상지원팀 대리 이지원이었다. 그녀는 출산휴가로 해상 1팀에 공석이 생겼을 때 본사에 파견근무를 왔었다. 미경과 안면이 있는 몇 안 되는 부산 지사 직원이었다.

"정과장님하고 같은 팀이었죠? 그래서 부산까지 온 거예요? 각별하셨나보다."

"아니에요. 팀장님 대신 왔어요."

이지원이 자신도 비슷한 처지라면서 얼굴을 찌푸렸다. 해상지원팀은 당직근무자 빼고는 전원 참석하라는 공지가 있었다고 했다. 이지원은 정말 유난이라며 신랑측 하객석에 앉은 부산 지사 사람들이 누구인지 손가락으로 뒤통수를 짚어가며 알려주었다.

"근데 대표님이 안 보이시네요? 다들 정과장님 보러 온 것도 있지만 대표님한테 얼굴도장 찍으러 왔을 텐데. 서울에 무슨 일 있어요?"

"대표님은 항상 바쁘시죠."

"서울에선 분위기가 어때요?"

"글쎄요. 제가 뭘 아나요."

정준석은 석 달 전까지 해상 2팀 과장으로 있다가 부산 지사로 발령이 났다. 갑작스러운 발령에 여러 추측이 돌았지만 차기 부산 지사 지사장으로 내정된 것이 아니겠느냐는 팀장의 말에 다들 이견 없이 고개를 끄덕였다. 정준석은 대표의 사촌동생이었고, 영업력이 약하다고 항공팀으로부터 무시당하기 일쑤인 해상팀에서 유일하게 자신의 거래처 라인을 갖고 있었다. 팀장은 틈만 나면 정준석이 자신에게 얼마나 각별한 팀원이었으며, 또한 얼마나 자신을 따르고 위해주었는지를 자랑스럽게 떠들었다.

"그러지 말고 살짝만 알려줘요."

이지원이 목소리를 낮추며 미경의 팔을 잡았다. 부산 지사 지사장 자리가 공석이 된 지도 꽤 오래였다. 그 자리가 누구의 차지가 될 것인지 말들이 많았다. 대표의 결혼식 불참이 어떤 의미일지 곧 추측이 무성해질 터였다. 대표는 갑작스럽게 해외출장을 잡았다. 신규 투자 건 때문이라고는 했지만 가족들의 비행기 티켓과 리조트 숙박료를 함께 결제했다는 소문이 돌았다. 팀장을 비롯한 몇몇 사람들은 그럴 리가 없다고 했지만, 정준석의 결혼식 날을 껴서 휴가나 마찬가지인 출장을 가는 것을 의도가 있는 신호로 파악하려는 임원들이 있었다. 미경은 뭔가 의미심장한 말을 흘리고 싶은 충동이 들었다. 하지만 동시에 피로가 몰려왔다.

정준석의 부산 지사 발령이 나기 일주일 전, 미경은 퇴근시간
이 훌쩍 지난 늦은 밤까지 사무실에 혼자 남아 있었다. 사무실이
비기를 기다렸다가 서랍에서 흰 봉투를 꺼냈다. 봉투 속에는 정준
석의 횡령을 고발하는 투서가 들어 있었다. 미경의 휴대폰이 가방
안에서 끊임없이 진동했다. 정준석이었다. 더이상 그의 전화를 받
고 싶지 않았다. 미경은 CCTV를 돌려보더라도 이상해 보이지 않
도록 몇 번이고 연습한 동작대로, 대표실 앞을 걸어가며 문틈으로
봉투를 밀어넣었다.

식장의 조명이 꺼지고 입구를 향해 한줄기 스포트라이트가 비
쳤다.
"오늘 그 누구보다 행복한 사람, 신랑이 입장하겠습니다."
사회자의 말에 관악기의 연주 소리가 빨라졌다. 문이 열리고 정
준석이 금의환향하는 사람처럼 한 손을 흔들며 걸어나왔다. 요란
한 박수 소리가 그의 걸음마다 뒤따랐다. 준비된 객석보다 하객
이 훨씬 많아서 미경은 식장 구석 벽에 기대어 서 있었다. 버진 로
드의 끝까지 걸어간 정준석이 뒤돌아 신부를 맞이할 준비를 했다.
미경은 그와 눈이 마주쳤다고 생각했다. 어떻게 그럴 수가 있을까
싶으면서도 분명 그랬다는 확신이 들었다. 미경은 한 손으로 가리
기 어려울 정도로, 턱이 아플 정도로 크게 입을 벌려 하품을 했다.
정준석은 모를 것이다. 정준석이 계약서의 숫자를 조작하고 거

래처들에서 따로 접대를 받은 일을 대표가 알게 된 것, 그래서 대표의 집 대문 앞에서 밤새도록 무릎을 꿇고 빌어야 했으며 결국은 정준석의 부모까지 대표에게 매달려 사정을 한 뒤에야 부산 지사 좌천으로 겨우 마무리된 그 모든 일의 시작인 익명의 투서를 쓴 사람이 미경이라는 것을.

"어떤 새끼인지 잡히기만 하면 죽여버릴 거야."

미경은 정준석의 분노에 찬 목소리를 기억했다. 새벽이었고, 정준석은 취해 있었다. 미경은 그의 단골 바에서 정준석을 부축해 나와서 그의 차에 태웠다. 뒷좌석에 거의 눕듯이 앉은 그는 악을 쓰며 조수석 의자를 걷어찼다. 그럴 때마다 차가 흔들렸다. 두고 보라고, 내가 어떻게 하는지 두고 보라고 소리치며 그는 재킷 안 주머니에서 봉투를 꺼내 그 안에 든 지폐들을 아무렇게나 집어던 졌다. 부산에서도 잘 부탁드린다며 정준석에게 로비를 하는 거래처가 여전히 줄을 서 있었다. 미경에게 그런 건 아무래도 상관없었다. 앞으로 자신은 서울에, 정준석은 부산에 있을 것이라는 사실만이 중요했다. 정준석의 오피스텔을 빠져나올 때, 수아에게서 전화가 왔다. 응급실이라고, 와줄 수 있느냐고 했다.

수아는 박물관 지하 수장고에서 기절한 채 발견되었다. 쓰러지고 얼마나 지났는지는 알 수 없었다. 수아를 발견한 동료 연구원은 수아를 찾기 위해 그곳에 간 것이 아니었다. 수아와 마찬가지로 학예사의 지시에 따라 수장품을 옮기기 위해 계단을 내려가는

데, 수장고의 조명이 이미 켜져 있는 것이 의아해 살펴보니 수아가 바닥에 쓰러져 있었다고 했다.

응급실로 수아를 데려간 학예사는 과로, 영양부족, 스트레스로 인한 실신이라는 의사의 진단에도 아무런 동요가 없었다. 그저 사무적인 미소를 띤 채, 의사를 향해 고개를 끄덕였을 뿐이었다. 수아는 그 이야기를 후에 동료 연구원에게서 전해들었다. 너무 무섭다고, 어떻게 그럴 수가 있느냐고 동료 연구원은 진저리를 쳤고 얼마 지나지 않아 수아보다 먼저 사직서를 냈다. 수아는 쓰러진 뒤에도 한 달 넘게 박물관에서 일했다. 사직서를 쓴 것도 수아가 원해서가 아니었다.

수아가 응급실에서 눈을 떴을 때는 학예사도 동료 연구원도 없었다. 다음날 오픈하는 전시 준비를 위해 박물관으로 돌아간 것이었다. 아시아 전역에서 공수한 유물들이 한국에 최초로 공개되는 전시였고, 새로 부임한 관장이 살뜰히 살피는 전시였다. 미경이 응급실에 도착했을 때, 수아는 침대에 걸터앉아 퇴원 수속을 기다리고 있었다.

"너…… 괜찮아?"

미경의 걱정스러운 물음에 수아는 머리를 부딪치지 않아 다행이라며 웃었다. 수액을 맞으며 오랜만에 잠을 푹 자서인지 오히려 몸이 너무 가뿐하고 기분이 좋다고도 했다. 미경은 의사로 보이는 사람이면 아무나 붙잡고 정말 이대로 집에 가도 되느냐고 몇 번이고 물었다. 수아는 응급실에 간 지 네 시간 만에 퇴원했다.

"나 같은 사람이 많대."

미경은 자판기에서 따뜻한 꿀물이 든 유리병을 뽑아 수아에게 쥐여주었다. 뼈마디가 다 드러난 수아의 앙상한 손이 애처로웠다. 수아와 함께 택시를 기다리는 동안 구급차가 사이렌을 울리며 달려와 응급실 입구에 멈춰 섰다. 이동식 침대에 누운 사람은 마치 잠든 것처럼 눈을 감고 있는 여자였다. 미경과 수아의 또래로 보였다.

"스스로를 잘 돌보면서 살자."

그날 수아를 집에 들여보내면서 미경은 그렇게 인사를 했다. 그리고 그건 당연히 자신에게 하는 다짐이기도 했다.

폭죽이 터졌다. 신랑과 신부가 팔짱을 낀 채 행진을 시작했다. 꽃가루가 그들의 머리 위로 쏟아졌고, 카메라 플래시가 요란하게 번쩍였다.

"미경씨는 사진 안 찍어요? 증거를 남겨야죠."

이지원이 그렇게 말하고는 연단으로 걸어갔다. 하객들이 웅성대며 연단으로 모여들었다. 사진사가 사람이 너무 많아 여러 번 나눠 찍어야 한다고 말했다. 프레임 안으로 들어가지 못한 사람들이 자신의 차례를 기다리며 줄을 섰다. 미경은 식장 입구에 서서 연단을 가득 메우고 선 사람들을 바라보았다. 하객들도, 신부도,

그리고 정준석도 모두 환하게 웃고 있었다. 사진 속 행복한 등장인물이 되는 것이 그들이 반드시 해내야 하는 미션인 것처럼.

"그래, 그렇게 웃어야지."

정준석은 미경에게 분풀이를 할 때마다 웃으라고 했었다. 공들인 거래가 성사되지 않았을 때, 자신이 요구한 만큼의 금액이 입금되지 않았을 때, 커피가 식었을 때, 셔츠가 구겨졌을 때, 차 안의 공기가 탁할 때. 그럴 때마다 정준석은 미경에게 화를 내며 자신이 미경을 선택한 것은 미경이 웃어야 할 때 웃을 줄 알기 때문이라고 말했다.

신입사원 환영 회식 자리에서 정준석이 농담이랍시고 음담패설을 뱉었을 때, 신입사원 중 유일하게 웃은 사람이 미경이었다고 했다. 미경은 기억나지 않았다. 하지만 자신이 그때 웃었다면 왜 그랬는지는 알 것 같았다. 그 시간을 견디는 다른 방법을 알지 못해서였을 것이다.

"사회생활을 하는 기본자세가 되어 있는 사람이 너뿐이었다니까."

정준석은 둘만 있을 때면 미경에게 반말을 하며 '너'라고 불렀다. 혹은 '야'라고, '어이'라고 부를 때도 있었다. 하지만 사무실에서는 깍듯이 존대를 하며 '미경씨'라고 불렀다. 미경은 그가 자신의 이름을 부를 때마다 매번 다른 그 의미를 알아채기 위해 신경을 곤두세웠다. 원형탈모가 생겼고, 매일 밤 잠을 설쳤다. 낮에는 자꾸만 졸았고, 졸다가 화들짝 놀라며 깼다. 휴대폰을 손에 쥐고 있지 않으면 불안했다.

수아도 그렇다고 했다. 갑자기 숨이 막히고, 이유 없이 두려운 마음이 든다고 했다. 그럴 때면 자신이 했던 일들을 다시 하나하나 떠올리며 실수가 없었는지 살피느라 늦은 밤까지 퇴근하지 못하는 날이 잦았다. 그런 밤이면 수아는 미경에게 연락했고 미경은 수아를 만나러 가곤 했다. 불이 다 꺼진 박물관 입구 계단에 앉아서 이런저런 이야기를 나누었다.

수아는 자신이 박물관의 공공재라고 했다. 수아의 학예사가 너무나 좋은 사람이기 때문이었다. 학예사마다 연구원을 한 명씩 데리고 있었는데, 손이 모자라면 다른 학예사의 연구원을 빌릴 때가 있었다. 협업과는 달랐다. 볼펜을 빌리듯이 연구원의 이름이 오갔다. 수아의 학예사는 거절하는 법이 없었다.

"수아 데려다 써."

모두가 부담 없이 쓸 수 있는 물건처럼 수아를 대했다. 수아에게는 거부할 권한이 없었다. 지시받는 일을 할 뿐이었다. 그럴 때 수아는 자신이 볼펜처럼, 포스트잇처럼, 클립처럼 점점 작고 가벼워지다 결국에는 사라질 것 같다고 느꼈다. 그 기분을 미경도 잘 알았다. 복사기처럼, 휴대폰처럼, 차 키처럼 자신을 대하는 사람이 있었으니까.

그렇게 이야기를 나누던 어느 날 수아가 해고되는 것과 사직서를 쓰는 것 중 하나를 선택해야 한다고 했다. 해고를 당하면 다른 어떤 박물관에도 취직할 수 없을 거라는 말도 같이 들었다고 했다. 채용 과정에서 이전 근무처의 사정 청취를 하는 것은 필수적인 관례였다. 수아의 학예사는 사직서에 사직 사유를 적지 않아도 된다고 너그럽게 말했다.

"혹시 누가 물어봐도 그 일은 절대 말 안 할게."

그 일은 수아가 유물을 파손한 일이었다. 부처의 형상을 한 작은 석상이었다. 수장고에서 석상을 꺼내 전시실로 옮기다가 다른 연구원과 부딪쳐 넘어지면서 석상의 머리가 떨어졌다.

"그거 복원품이라 다시 붙이면 그만인 건데……"

그러나 그렇게 사태를 마무리할 권한이 수아에게는 없었다. 원칙적으로 연구원의 실수는 학예사의 책임이었다. 하지만 수아의 학예사는 수아의 눈을 피했다. 자신이 지시하지 않은 일이라고 했다. 그건 사실이었다. 수아에게 그 유물을 가져오라고 지시한 건 다른 학예사였다. 수아의 학예사가 수아를 빌려준 학예사. 그도 입을 다물었다.

수아가 쓴 경위서는 관장의 심기를 거슬렀다. 일개 연구원이 학예사의 지시도 없이 유물을 이동시키다가 파손까지 한 사건에 대해 박물관의 모든 학예사가 질책을 당했고, 연구원들은 매일 시간 단위로 업무일지를 써서 자신의 학예사에게 확인받아야 했다. 수아가 수장고에서 쓰러졌던 것, 그뒤 주기적으로 업무 시간에 외출

신청을 하고 병원에 다니는 것도 뒤늦게 문제가 되었다. 수아의 학예사는 관장에게 수아가 업무를 수행하는 데에 적당하지 않은 사람이라고 보고했다.

박물관에 사직서를 낸 뒤로 수아는 집밖으로 잘 나오지 않았다. 미경이 수아의 집을 찾아갔을 때, 수아는 방 한가운데에 커다란 상자를 놓아둔 채 생활하고 있었다.

상자엔 박물관에서 가져온 짐이 담겨 있었는데, 일 년이 채 되지 않는 기간 동안 일했던 것에 비해 그 종류가 방대했다. 칫솔, 치약, 머그컵, 텀블러, 슬리퍼 같은 무난한 물건부터 수면양말, 목베개, 무릎 담요, 폼 클렌저, 립밤, 핸드크림처럼 잦은 야근을 짐작하게 하는 물건들, 미니 선풍기, 가습기, 히터 따위의 소형가전들과 포장을 뜯지 않은 컵라면, 인스턴트 쌀밥, 나무젓가락, 플라스틱 숟가락, 여행용 샴푸, 린스, 보디 워시, 보디 로션과 묵은 냄새가 나는 여러 장의 수건까지, 생활의 냄새가 묻어나는 자질구레한 물건들이 상자 안에 빼곡히 담겨 있었다.

미경은 그 상자를 들여다보며 그 안 어딘가에 진짜 수아도 들어 있는 게 아닐까 싶었다. 침대에 누운 채 멍하니 천장만 들여다보며 하루를 보내는 수아는 가짜이고, 드디어 하고 싶은 일을 찾았다며 눈을 빛내던 진짜 수아는 상자 안의 물건들 사이에 숨어 있는 게 아닐까.

미경은 투서를 쓰기 전, 수아에게 자신의 계획을 말했었다. 정준석을 고발하기 위해 모아둔 증거들도 보여주었다. 그것들이 어쩌면 수아에게는, 자신이 보고 있는 저 상자 속 같았을까.

"네 얘기는 하지 마."

그렇게 말하던 수아의 목소리는 작지만 또렷했다.

"너를 지켜야지."

부산역으로 돌아온 미경은 패딩을 찾기 위해 코인 로커로 향했다. 비밀번호를 누르고 로커 문을 열자 부풀어오른 패딩이 로커 안을 가득 채우고 있었다. 미경은 패딩을 꺼내려다 다시 로커 문을 닫았다. 한 걸음 물러나 고개를 드니 광고판 속에서 미소 짓고 있는 석상의 얼굴이 보였다.

그 전시의 서울 초청전은 수아가 일했던 박물관에서 열렸다. 수아가 한국을 떠나고 난 뒤였다. 미경은 평일에 연차를 내고 전시를 보러 갔다. 정준석이 없어서 가능한 일이었다. 수아가 일하던 곳, 그리고 수아를 아프게 한 곳이라는 생각에 미경은 선뜻 박물관 안으로 들어가지 못했다. 망설이다 겨우 전시실로 향하려는데 그 사람이 보였다.

수아의 학예사가 전시실 앞에서 인터뷰를 하고 있었다. 카메라를 든 사람들에게 둘러싸여 마이크를 쥐고 웃고 있는 그를 미경은 단번에 알아보았다. 수아의 휴대폰 사진첩에서 본 적이 있었다. 직원 야유회에서 학예사와 연구원이 짝을 지어 2인 3각 경기를 했다며, 안간힘을 쓰느라 잔뜩 찡그린 자신의 얼굴이 너무 웃기지 않느냐며 수아가 보여준 사진. 그 사진에서도 그는 웃고 있었다.

미경은 인터뷰가 끝나길 기다렸다가 그에게 다가갔다.

"저, 여기서 일하는 연구원 중에 박수아씨라고 있지 않나요?"

그는 친절한 목소리로 안내 데스크에 문의하라고 대답했다가 곧 다시 입을 열었다.

"박수아? 수아는 그만뒀는데. 수아 친구예요?"

"수아를 잘 아세요?"

그가 고개를 저었다.

"아뇨."

그는 대화를 마무리하는 사무적인 미소와 함께 가볍게 묵례를 한 뒤 미경을 지나쳐 갔다. 가면서 그가 노랫말을 흥얼거리듯이 음을 붙여 "수아는 어떻게 잘 지내려나" 하고 중얼거리는 것을 미경은 똑똑히 들었다. 미경은 그가 수아를 떠올린 일을, 그리고 자신과 수아에 대해 나눈 대화마저도 금세 잊을 것이 분명하다고 생각했다. 방금 전 수아의 이름을 듣고도 곧바로 떠올리지 못했던 것처럼. 뒤이어 떠올리고 그 이름을 입에 올린 것처럼. 무심하게.

그날 미경은 전시실에 들어가지 않았다.

부산발 서울행 KTX는 전부 매진이었다. 미경은 무궁화호에 올랐다. 그리고 열차가 출발하기도 전에 잠에 빠져들었다.

꿈속에서 미경은 편지를 쓰고 있다. 한 글자 한 글자 정성스럽게 눌러쓰기 때문에 편지를 완성하기까지는 한참이 걸릴 것이다. 그건 수아에게 보내는 편지가 아니다. 미경은 수아에게 편지를 보낼 수 없다.

공항에 배웅하러 간 미경에게 수아는 말했다. 다시는 한국에 돌아오지 않을 거라고. 영원히 이곳을 떠날 거라고. 미경은 걱정 말라고, 자신이 수아를 보러 가겠다고 했다. 수아는 고개를 저었다.

"그러지 마. 너를 다시는 보고 싶지 않아."

수아는 미경을 보면, 미경과 함께 차가운 계단에 앉아 이야기를 했던 날들이, 그 이야기 속의 날들이 떠올라서 괴롭다고 말했다. 그 모든 것과 결별하기 위해서 미경과도 영영 헤어지고 싶다고 했다. 수아는 미경에게 바뀐 휴대폰 번호도, 새로운 주소도 알려주지 않은 채 떠났다.

미경은 누군가 자신의 귓가에서 노래를 부르는 듯한 느낌에 놀라 잠에서 깼다. 왜소한 체구에 말끔하게 정장을 입은 노인의 뒷모습이 보였다. 그는 느릿느릿 걸어가면서 통로 쪽에 앉은 사람들의 귓가에 자신이 믿는 신을 당신도 믿으라고 속삭이고 있었다. 그 말을 하는 것이 너무나 즐거운 일이라는 듯이 들떠 있었고, 그 때문에 그가 하는 말이 미경에게는 마치 노래처럼 들린 것이었다. 미경의 좌석은 열차 맨 끝 칸에 있었다. 노인은 통로 끝까지 걸어갔다가 몸을 돌려 되돌아 걷기 시작했다. 이번에는 열차 안의 한 사람도 빠짐

없이 자신의 말을 듣게 하겠다는 듯이 목소리를 높였다.

"모든 것을 용서해야 합니다. 사랑해야 합니다. 미움도 증오도 잊어야 합니다. 그렇지 않으면 지옥에 떨어질 것입니다."

통로의 중간에 멈춰 선 그는 자신의 신이 자신을 내려다보고 있다는 듯이, 하늘을 향해 두 팔을 벌린 채 고개를 치켜들었다. 그리고 잠시 그렇게 서 있다가 다시 자신이 했던 말을 반복하며 앞칸으로 걸어갔다. 그 모습을 미경만이 보고 있었다. 대수롭지 않은 일이라는 듯이 누구도 관심을 주지 않았다.

미경은 다시 잠들지 못했다. 어두운 차창 밖으로 빠르게 스쳐지나가는 실루엣들을 보며 반복되는 꿈속에서 자신이 쓰는 편지에 대해 생각했다.

정준석으로부터 문자메시지가 온 건 수원역에 정차한 열차가 다시 출발했을 때였다.

─오늘 오랜만에 보니 좋았어. 부산에 와서 나랑 같이 일하면 어때? 아무래도 미경씨만한 사람이 없네. 다음주에 지사장 발령이 날 거야.

미경은 정준석의 환송회를 떠올렸다. 그의 차를 운전해야 했기 때문에 술을 마시지 않은 미경을, 팀장이 끊임없이 돌리는 폭탄주에 지친 팀원들이 부러워했다.

"미경씨가 제일 서운하겠네."

"그럼 제가 데리고 갈까요?"

정준석이 미경의 어깨에 팔을 둘렀다. 미경은 반사적으로 몸을 움츠렸다. 그가 자신의 목을 조르는 줄 알았기 때문이었다. 후배를 너무 아낀다며, 이러다 아예 업고 다니는 거 아니냐며, 팀장이 웃으면서 정준석에게 술잔을 건넸다. 정준석은 미경의 어깨에 두른 팔을 풀지 않은 채 다른 쪽 팔을 뻗어 술잔을 받았다.

열차가 영등포역에 진입했을 때, 미경은 지나가는 승무원을 붙잡았다.

"포교를 하면서 돌아다니는 분이 있는데요."

"네?"

"불쾌한 소리를 내면서 다니는 사람이 있다고요."

승무원은 알겠다고 대꾸하고서 앞칸으로 건너갔다. 미경은 충동적으로 자리에서 일어나 그를 쫓았다. 그가 노인에게 주의를 주는 것을 직접 확인하고 싶었다. 노인을 열차 밖으로 끌어낼 수도 있지 않을까. 그렇다면 그 모습을 두 눈으로 보고 싶었다. 미경은 영등포역에서 내릴 준비를 하는 승객들 사이를 헤치고 앞칸으로 갔다. 승무원도 노인도 보이지 않았다. 그 앞칸도 마찬가지였다. 미경은 앞으로, 앞으로 나아갔다. 얼마나 앞으로 왔을까. 미경은 문득 바라본 창밖에서 승강장을 걷고 있는 노인을 발견했다.

미경은 뛰어내리듯 승강장에 내려섰다. 노인은 승무원의 제지를 받은 것 같지 않았다. 익숙한 길을 가는 사람의 여유로운 걸음걸이로 사람들 틈에 섞여 출구로 향하고 있었다. 미경은 노인의 뒤를 따랐다.

영등포역 야외 광장에 커다란 천막이 세워져 있었다. 그곳에 많은 사람이 모여 있었다. 노인의 목적지도 그곳이었다. 노인을 발견한 사람들이 그를 향해 손을 흔들었다. 노인의 바로 뒤에서 걷고 있던 미경에게는 마치 그들이 자신에게 손을 흔드는 것처럼 보였다.

웃으면서.

춘천에서도, 서울에서도 보지 못했던 전시를 미경은 부산에서 보았다. 코인 로커 위에서 웃고 있는 석상의 얼굴을 다시 마주한 순간, 예매해둔 열차표를 취소하고 전시가 열리는 박물관으로 향할 수밖에 없었다.

전시실은 어두웠다. 바닥과 천장, 벽이 모두 검은색이었다. 넓은 전시실에 드문드문 놓인 석상 위로 떨어지는 핀 조명이 빛의 전부였다. 그 빛 아래에, 저마다 다른 얼굴로 웃고 있는 돌들이 있었다. 미경은 천천히 걸어가 전시장 한가운데에 섰다. 수많은 웃음들이 미경을 둘러쌌다. 미경은 그 웃음이 너무나 사람을 닮았다고 생각했다. 사람들도 저렇게 환히 웃는다고. 잔인한 말을 할 때에도, 웃는다고.

미경은 수아와 헤어지던 날, 마지막으로 서로에게 보여주었던 얼굴을 떠올린다. 그리고 수아에게 하지 못했던 말도. 어디서든, 너도 꼭 너를 지켜. 그게 우리를 지키는 일이 될 거야.

웃고 있는 사람들을 앞에 두고, 미경은 휴대폰을 꺼낸다. 지금 이 바로 미뤄둔 미션을 실행할 때였다.

* 작중 전시는 국립춘천박물관의 '창령사 터 오백나한'전에서 착안했으나 실제 전시와는 다르다.

내
여자친구와
여자
친구들

정윤의 노랫소리가 점점 가까워졌다. 취하면 노래를 부르는 것이 정윤의 버릇이었다. 나는 팔짱을 낀 채로 현관에 서서, 정윤이 문을 열고 들어오길 기다렸다. 약속한 귀가 시각을 훌쩍 넘겨서까지 술을 마신데다가 전화도 받지 않다니. 문만 열리면 화를 낼 준비를 했는데, 정윤은 도어 록 비밀번호를 자꾸만 틀렸다. 경고음이 울렸다. 이대로라면 이웃집에서 항의가 들어올 것 같아 문을 열어주었다. 넓어지는 문틈으로 나와 눈이 마주치자 환하게 밝아지는 정윤의 얼굴을 보니, 일단은 안겨오는 대로 끌어안을 수밖에 없었다.

"걱정했잖아."

"미안, 너무 기분이 좋아서."

"자기는 걔들만 만나면 꼭 이러더라."

내 여자친구 정윤에게는 네 명의 각별한 여자 친구들이 있다. 1980년대 후반에 서울의 한 대단지 아파트에서 거주하던 부모에게서 태어나 그 근방의 초등학교, 중학교, 고등학교 동창으로 서로의 미성년 시절을 공유하고 있는 다섯 명의 여자들. 그들은 경조사를 챙기는 친목계 모임을 만들어 매일 단톡방에서 수다를 나누는 것도 모자라 한 달에 한 번씩 만나 회포를 푼다. 바로 오늘처럼.

"자기도 같이 가면 좋을 텐데."

정윤과 십 년 동안 연애하고 그중 오 년을 함께 살면서도 나는 그들 중 누구도 만나지 않았다. 무수한 제안과 그에 상응하는 무수한 거절이 오갔다. 그리고 그에 굴하지 않고 또다시 찾아오는 제안. 나는 그들의 끈기에 진정으로 감탄한다. 그리고 그 감탄은 정윤을 향한 것이기도 하다. 정윤은 친구들이 나를 만나고 싶어한다며 민지의 결혼식, 지혜의 결혼식, 지영의 결혼식, 수진의 결혼식에 동반 참석을 제안했었다. 매번 같은 거절의 말을 들으면서도 포기하지 않았다.

"내가 가서 뭐해. 나 신경쓰지 말고 친구들이랑 재미있게 놀고 와."

누가 민지이고 누가 지혜인지 구분도 하지 못하는데 신부대기실에 가서 사진을 찍는 게 무슨 의미가 있냐고 말하면 정윤은 의미 같은 건 중요하지 않다고 했다.

"그냥 내 친구니까, 같이 가서 축하해줄 수 있는 거 아냐?"

정윤의 말도 맞았다. 그저 정윤을 위해서 하는 어떤 일이라고 생각할 수도 있었다. 하지만 그러고 싶지 않았다. 그 이유에 대해 설명하는 것은 구차하게 느껴졌다. 비참해지기 위한 말을 내뱉을 필요는 없었다. 정윤이 친구들에게서 청첩장을 받아오는 날은 우리가 싸우는 날이었다. 작년 수진의 결혼식을 끝으로 더는 그럴 일이 없으리라 생각했는데, 착각이었다.

"다음달에 지혜 아들 돌잔치라는데, 자기도 같이 오래."

나는 못 들은 척 침실로 향했다. 정윤의 투덜거리는 소리는 곧 욕실 물소리에 묻혔고, 얼마 지나지 않아 노랫소리로 바뀌었다. 도대체 그들은 나를 만나 뭘 하고 싶은 걸까.

가끔 그들을 만나는 상상을 한다. 언젠가 정윤에게서 들었던 장면이 눈앞에 펼쳐지는 순간을. 민지, 지혜, 지영, 수진의 남자친구였고 이제는 남편이 된 이들에게 쏟아졌던 질문들이 나에게도 쏟아지는 것을. 짓궂다고 여겨지는 질문을 하기 위해 신이 나서 눈을 빛내는 여자들과 그들에게 둘러싸여 어쩔 줄을 몰라하는 내 모습. 그런 내 옆에서 왜인지 뿌듯한 미소를 짓던 정윤이 어느 순간 손사래를 치며 친구들에게 형식적인 타박의 말을 하면, 와르르 터지는 웃음들 속에서 나도 웃으면서 슬쩍 계산서를 집는다.

그러나 한편에서는 전혀 다른 풍경이 그려진다. 무릎이 닿을 정도로 가깝게 모여 앉은 여자들이 내가 도착하자 조금씩 몸을 움직여 나를 위한 자리를 마련하고, 내 몫의 작은 접시와 포크가 놓인다. 내가 입은 옷이나 들고 간 가방, 머리 스타일을 칭찬하는 말들. 서로의 접시에 거리낌없이 음식을 올려놓고 음식을 가져가기도 하는 손들. 주변의 시선을 살피며 은밀하게 주고받는 눈짓, 암호처럼 대체되는 단어들. 그리고 상상의 끝에 나는 그들의 단톡방에 초대되고야 만다. 그렇게 계모임의 일원이 되고, 매달 회비를 내고……

"정윤이 여자친구면 우리 친구나 다름없지."

나는 진저리치며 상상 속 곤란에서 나를 구해낸다. 흘러가는 대로 두었다간 같이 온천여행을 가게 될지도 모른다. 그렇게 말했다는 게 지혜였나, 지영이었나. 그 말을 전하는 정윤은 기뻐 보였다. 자신의 친구들에게 나를 인정받았다고 했다. 내가 뭘 통과한 거냐고 물었더니 엉뚱한 대답만 돌아왔다.

"내 친구들이 얼마나 까다로운데."

나는 그들의 인정을 바라지 않는다. 그들의 특별한 호의도 원하지 않는다. 호수공원 앞 카페에 같이 브런치를 먹으러 가자는, 남편은 물론이고 아들마저 떼어놓고 만나는 여자들끼리의 편한 모임이니 은주씨도 부담 갖지 말고 오시라는 그런 말들을, 고맙다고 느끼지 않는다.

"내가 자기랑 섹스한다는 사실을 자기 친구들이 모르는 게 아닐까?"

"아니야, 우리가 무슨 애들인가."

　나와 연애를 시작하고 얼마 되지 않은 때에 정윤은 친구들에게
그 사실을 밝혔다. 안면도에 있는 통나무집 펜션에서였다. 여름이
면 바닷가로 일박 이일 여행을 가서 같은 포즈로 단체사진을 찍는
것이 정윤과 친구들이 스무 살 이후 해오던 연례행사였다. 타오르
는 장작 위로 떨어진 고깃기름에서 피어오르는 연기에 눈물을 흘
리며 바비큐를 먹고, 잠들기 전에는 촛불을 켠 채 비밀을 고백하
는 의식이 필수 코스였다. 호랑이, 토끼, 곰, 너구리, 펭귄. 각자 좋
아하는 동물 모양의 잠옷을 입고 둘러앉은 다섯 명의 여자들이 종
이컵 가운데를 뚫어 양초를 꽂은 뒤 불을 붙이면서 서로의 비밀을
반드시 지켜주기로 다짐하는 가운데, 정윤이 제일 먼저 비장하게
입을 열었던 것이다. 사실 사귀는 사람이 있다고.

"그 사람, 여자야."

　그러고 다 같이 정윤을 얼싸안고 영원한 우정을 약속하며 눈물
을 흘렸다는 이야기를 들은 뒤로, 나에게 정윤의 친구들은 똑같은
포즈를 취한 각기 다른 동물들의 모습으로 떠올랐다. 민지가 호랑
이, 토끼는 지혜, 하는 식으로.

"울긴 왜 울었는데?"

　나는 친구들과의 감동적인 사연을 풀어놓는 정윤에게 퉁명스럽

게 물었다.

"그냥 분위기가 좀 그랬어."

커밍아웃이 처음이라, 자기도 모르게 분위기에 휩쓸렸다며 정
윤이 멋쩍게 웃었다. 그러고는 이제 친구들과의 대화에서 소외될
일이 없어졌다고 즐거워했다. 스킨십 진도는 어디까지 나갔는지,
기념일 선물은 뭐가 좋은지, 결혼 얘기를 꺼내기 전인데 부모님께
인사를 드려도 되는 건지, 명절 선물은 꼭 해야 하는지 같은 대화
들에, 정윤은 정말 함께할 수 있다고 믿는 것 같았다.

"그동안 솔로인 척하느라 힘들었는데, 잘됐지?"

정윤이 진심으로 기뻐 보여서 나는 정윤에게 묻지 못했다. 친
구들에게 나 이전에도 두 번의 연애가 있었고 그게 모두 여자와의
연애였다고 말했는지. 나와 헤어진다면 그다음에 만날 상대도 반
드시 여자일 거라고 말했는지. 그러니까, 네가 레즈비언이라고 말
했는지.

"나 친구들한테 이런 말도 다 하고 싶은 걸 보니까 자기를 정말
사랑하나봐."

정윤의 얼굴은 낭만으로 물들어 있었다. 하지만 정윤이 친구들
에게 그저 지금 사귀는 사람이 여자라고, 학교 동아리에서 만난
두 살 많은 선배라고, 행정고시를 준비하고 있고 졸업하면 함께
살기 위해 돈을 모으고 있다는, 그런 말들만 했다면. 그걸, 정윤의
커밍아웃이라고 할 수 있을까. 아무리 생각해도 그건 정윤이 아니

라 나를 설명하는 말들일 뿐이었고, 그렇다면 정윤의 친구들에게 커밍아웃한 건 정윤이 아니라 나인 것 같았다.

정윤의 재촉을 피해서 자는 척을 하다 그대로 잠이 들었다. 눈을 뜨니 점심때가 다 된 시각이었다.

"일어났어? 밥 먹자."

식탁에는 정윤이 냉장고와 찬장을 뒤져 이것저것 꺼내 먹은 흔적이 가득했다. 냉동실에 넣어두었던 떡 두어 조각과 초콜릿 포장지, 귤껍질, 과자 부스러기 들. 정윤이 식탁을 치우는 동안 냄비에 물을 받았다. 오늘은 파스타를 해 먹기로 했었다. 주말 식사는 꼭 같이 하는 것이 우리 둘의 약속이었고, 이번주 요리 담당은 나였다.

"배고프면 그냥 깨우지."

"너무 곤히 자더라고."

정윤은 언제나 그랬다. 나를 깨워서 밥을 먹자고 조르거나 먼저 차려 먹거나 하는 일이 없었다. 자기 차례도 아닌데 재료를 다 손질해두고서 내가 일어나기만을 기다렸다. 역시나 냉장고 문을 열자 가지런히 썬 양파와 해감한 바지락이 보였다. 팬을 달궈 그것들을 볶다보니 새삼 정윤에게 미안한 마음이 들었다.

"누가 돌잔치라고?"

"같이 갈 거야?"

정윤의 목소리에는 기대가 가득 담겨 있었다. 하지만 나는 바로 대답하지 못했다. 완성된 파스타를 접시에 옮겨 식탁으로 나르고 나서야 겨우 입이 떨어졌다.

"아니, 아기 선물이나 할까 싶어서."

"괜찮아, 선물은 회비로 사기로 했어. 카 시트를 사달래서."

정윤은 내 눈치를 살피느라 파스타 면을 포크에 돌돌 감기만 할 뿐 좀처럼 입에 넣지 못하고 있었다. 내가 조금만 틈을 보여주기를, 기다리고 있는 것이었다.

까짓거, 라고 생각할 수도 있었다. 정윤과의 연애는 다른 누구의 인정도 필요 없이, 우리 자체로 증명되고 있었다. 나는 우리가 서로를 단단하게 지탱하는 관계라는 걸 알았다. 그렇다면 이제는 어떤 종류의 고집을 자연스럽게 내려놓아야 하지 않을까. 아니, 해내야 하는 게 아닐까. 예를 들면 한 아기의 돌잔치에 동반 참석하는 방식으로. 그런데 요즘에도 돌잔치를, 굳이 그렇게들 꼭 해야만 하나?

"아, 맞다. 수지 언니 결혼하나봐."

"누구?"

정윤이 어젯밤 우편함에서 챙겨온 것이라며, 식탁 한쪽에 놓인 고지서들 사이에서 흰 봉투를 찾아냈다. 크기며 재질이며 청첩장일 것이 분명했다. 수신자 칸에 나와 정윤의 이름이 나란히 적혀 있었다. 발신자는 정수지.

내가 다른 사람의 결혼식에 가지 않게 된 건, 민아 때문이었다.

대학을 휴학하고 행정고시를 준비하던 때였다. 휴대전화를 없앴고, 정윤 외에는 아무도 만나지 않았다. 하루에 열다섯 시간씩 공부만 했다. 그러다 도서관에서 고등학교 때 같은 반이었던 민아를 만났다. 졸업 후 처음 만나는 거였다. 민아는 임용고시를 준비하고 있었다. 우리의 일과는 수능시험을 준비하던 고등학생 시절과 다르지 않았다. 어제와 오늘을 구분할 수 없는 하루하루를 같이 견뎌낼 친구가 필요하다는 것까지.

내가 쏟아지는 졸음과 싸울 때면 민아가 내 어깨를 두드리며 자판기 커피라도 마시러 가자고 했고, 민아가 몸을 들썩거리고 있으면 내가 다가가 사탕이나 껌을 건넸다. 컵라면을 먹다가, 동영상 강의를 듣다가, 이면지에 모의고사 문제를 프린트하다가, 불쑥 한 번씩 누구에게도 털어놓지 못하는 속마음을 이야기했다. 외딴 기지에서 함께 연구에 매진하는 유일한 동료처럼, 깊은 밤 망망대해에서 만나 불빛을 주고받는 두 척의 작은 배처럼. 서로가 있어 다행이라고 생각하면서.

민아는 시험을 준비한 첫해에 합격했고, 나는 그다음 해에도 고배를 마시고 시험을 포기했다. 민아의 결혼식은 내 마지막 시험 다음날이었다. 나는 알지 못했다.

시험을 마치고 시험장을 빠져나오면서부터 불합격을 예감했고,

기다리고 있던 정윤에게 이제 취업 준비를 하겠노라고 선언하며 소리 내어 울었다. 정윤은 고생했다며 나를 안아주었다. 다음날은 늦잠을 자고 일어나 수험 기간 동안 버리지 못하고 쌓아두기만 한 기출문제집과 이론서를 버렸다. 그다음날은 머리를 자르고, 또 다음날은 라식 수술을 했다.

병원에서 나와 짙은 색 선글라스를 쓰고 걷다가 민아와 마주쳤다. 민아는 한복 차림이었고 그 옆에는 처음 보는 남자가 역시 한복을 입은 채 과일 바구니를 들고 있었다. 민아가 자신의 남편이라고 소개했다. 신혼여행에서 돌아와 부모님께 인사를 드리러 가는 길이라며. 민아는 제 손의 짐을 남편에게 들려 보냈다. 민아의 남편은 우리 앞에 있는 삼층집으로 들어갔다. 민아는 그가 시야에서 사라지자 비로소 고개를 돌려 나를 바라보았다. 이제 시작하자는 것처럼.

"섭섭하다, 너. 왜 나한테 말 안 했어?"

"공부하는데 괜히 신경쓰게 하고 싶지 않았어. 시험은 잘 봤어?"

"네가 결혼하는데 내가 신경을 왜 써, 그냥 축하하면 되지."

"아니, 내 말은……"

민아는 말을 멈추고 주변을 둘러봤다. 평일 오전의 주택가는 조용했다. 이따금 멀리서 오토바이가 지나가는 소리가 들렸다. 민아의 부모님 혹은 남편이 삼층 베란다에서 귀를 기울인다면 우리의 목소리를 들을 수 있을 것 같았다.

"그러니까 내 말은, 아무래도 너한테는 결혼이란 게 더 복잡하게 느껴질 테니까 중요한 공부 하는데 괜히 심란하게 하고 싶지 않아서 그랬다는 거야."

민아는 랩이라도 하는 것처럼 재빨리 말하고는 미안한데 먼저 가봐야겠다며 몸을 돌렸다. 나는 민아가 쏟아낸 말이 무슨 뜻인지 소화시키지 못한 채로 한동안 그 자리에 남겨졌다.

민아와 나는 도서관 폐관 시각까지 공부를 하고 함께 집으로 걸어가곤 했다. 하루는 그 골목길에서 민아가 나에게 그런 이야기를 한 적이 있었다. 결혼식이나 장례식에 가면 다들 자신에게 요즘 뭘 하느냐고 근황을 묻는데, 공부를 하고 있다고 대답하면 비참한 마음이 든다고. 아직 아무것도 안 하는구나, 시작을 못했구나, 하는 눈빛들 때문에 물만 마셔도 체할 것 같다고. 잘될 거라는 말은 정말이지 듣고 싶지 않다고. 그리고 또 어느 날은 내가 민아에게 말했다. 난 레즈비언이라고.

어느 집에선가 웃음소리가 새어나왔다. 소리쳐 민아의 이름을 부르면 민아에게 들릴 것이란 생각이 들었다. 쓸데없는 생각이었다. 나는 얼마간 더 서 있다가 천천히 걸음을 옮겼다. 마취가 풀렸는지 눈이 너무 아파서, 울면서 걸었다.

내 커밍아웃에 민아가 뭐라고 대꾸했는지는 기억나지 않는다. 아무 말도 하지 않았거나 하지 않은 거나 마찬가지인 말을 했기 때문일 것이다. 그땐 그게 좋았다. 민아가 나를 배려하는 방식이라고 생각하면서, 나는 민아를 시험하고 통과시켰다. 민아도 그걸 원할 거라고 믿으면서. 그 착각의 대가를 치르는 것 같았다.

그뒤로 누구의 결혼식에도 가고 싶지 않았다. 청첩장을 받아도 초대로 느껴지지 않았다. 그런데 수지의 청첩장이라니. 수지의 결혼식이라니. 그거야말로 꿈에서도 생각해본 적이 없었다. 수지는 내가 처음으로 커밍아웃한 사람이자, 그 사실을 절절히 후회하는 사람이었다.

수지와는 메이데이 행진에서 처음 만났다. 수지는 불문과 신입생 대표였는데, 훌쩍 큰 제 키의 두 배도 넘는 길이의 깃대를 잡고 있었다. 그 끝에서 하늘을 뒤덮을 기세로 나부끼는 붉은 천이 불문과의 깃발이었다. 학과생의 대부분이 여자인데다가 정교수 중에 여자가 있는 유일한 학과인 불문과는 행진에 참석한 인원도 많았다. 자연스럽게 불문과가 학교 행렬을 이끌며 선두에 섰다. 그중에서도 깃대를 든 수지가 가장 앞에 있었다. 이따금 불어오는 바람에 깃발이 크게 펄럭일 때마다 수지의 마른 몸이 깃대와 함께 휘청거렸지만, 수지는 한 번도 걸음을 멈추지 않고 일정한 속도로 걸었다. 그날의 행진은 수도권 대학생들이 모이는 문화 축제를 위한 퍼포먼스일 뿐이었는데도, 수지는 전장에 나가는 선봉장처럼 비장한 표정이었다. 불문과 깃발에 한자로 적힌 흰 글자는 '무퇴'.

수지는 완벽한 깃대장이었다.

국문과에서 메이데이 행진에 참여한 건 내가 속해 있던 사회과학 소모임의 회원들뿐이었다. 고작 네 명이었는데 그마저도 소모임을 이끌고 있던 대학원생 선배가 협박에 가까운 독려를 한 결과였다. 게다가 나는 그날 행진 이후 이어질 뒤풀이 자리에서 소모임을 탈퇴하겠다는 이야기를 하러 나간 것이었다. 신입생들에게 소모임 홍보를 하면서 나눠준 활동 계획서에 발제 도서로『이갈리아의 딸들』이 있어서 가입했는데, 내부의 분위기는 내가 생각했던 것과 너무나 달랐다. 발제문은 진부했으며 토론의 끝은 항상 비관적이었다. 모임의 주요한 활동은 누군가가 곯아떨어질 때까지 끝나지 않는 술자리였다. 소주잔을 부딪치며 오가는 말들은 무성의했고, 무례했다. 게으른 태도로 인해 지도교수의 신임을 잃은 그 대학원생 선배는 자신이 논문을 완성하지 못하는 것도, 장학금 심사에서 탈락하는 것도, 모두 사회 때문이라고 주정을 부렸다. "니들도 조심해. 사회에 휩쓸리면 끝이야. 다 끝이라고."

그냥 걷기만 하면 된다던 선배의 말과 달리 행진은 집결지인 시청 앞 광장에 접어들자 다양한 부대행사로 이어졌다. 인파 속에서 고개를 들면 하늘을 가득 메우고 있는 여러 대학과 단체의 깃발이 보였다. 그곳에서 별다른 표지도 없이 걷고 있던 사회과학 소모임 회원 네 명은 어느새 흩어져 다시 모일 수가 없었다. 나는 정처 없이 사람들 틈을 헤치며 걷다가 문득 목적지를 정해두어야 한다는 생각을 했고, 그때 눈에 들어온 것이 불문과 깃발과 깃대장, 수지였다.

수지는 생수와 김밥을 나눠주고 있었다. 나는 불문과생들 틈에 끼어 그것을 받아먹고, 불문과의 구호를 외치고, 불문과 행렬에 섞여 학교 근처로 돌아왔다.

"뒤풀이 안 가?"

"나 불문과 아닌데."

나는 수지가 나를 불문과생으로 착각한 줄로만 알았다.

"알아. 같이 행진했으니까 뒤풀이도 같이하면 좋잖아."

활짝 웃는 수지는 깃대를 잡고 있을 때와는 전혀 다른 인상이었다. 나는 수지에게 이끌려 학교 앞의 유일한 전통주점으로 갔다. 동동주 항아리와 파전이 놓인 좌식 테이블을 사이에 두고 마주앉아서 바라본 수지의 눈동자는 옅은 갈색이었다. 학과 점퍼 색에 맞춘 빨간 야구모자 밑으로 비죽비죽 튀어나온 커트 머리, 두 뺨의 옅은 주근깨, 남성용 메탈 시계와 함께 손목에 감겨 있는 낡은 가죽 팔찌, 마디가 도드라진 손가락과 짧게 다듬은 손톱. 나는 수지가 젓가락질을 하는 사이사이마다 수지를 훔쳐봤다. 고교 시절 교칙에 따라 단발로 자른 뒤 제멋대로 자라게 내버려둔 내 머리 스타일이 새삼 별로라는 생각이 들었다.

수지는 나보다 네 살이 많았다. 다른 대학을 다니다가 자퇴를 하고 다시 수능을 봐서 이 학교에 들어왔다고 했다. 불문과 학과장 교수님 때문이었다. 그분에게서 배우고, 그분과 같이 공부하고 싶었다고 말하는 수지의 얼굴은 상기되어 있었다. 술 때문은 아니었다. 그날 우리는 뒤풀이 자리가 끝날 때까지 술도 한 잔 마시지 않고 이야기를 나눴다. 수지는 나를 처음 본 순간 우리가 잘 통할 거라 느꼈다고 했다. 나는 그 말을 믿지 않았지만, 수지를 기쁘게 하고 싶다고 생각했고, 그래서 나도 그렇다고 말하며 고개를 끄덕였다.

그런데 수지의 말이 맞았다. 우리는 같은 작가의 소설을 좋아했고, 같은 영화를 보고 긴 감상문을 쓴 적이 있었다. 옷이나 신발, 액세서리를 고르는 취향도 비슷했다. 내가 사회과학 소모임을 탈퇴한 이야기를 하자, 수지는 자신이 속한 중앙 동아리에 가입할 수 있게 도와주었다. 관심사가 비슷한 사람끼리 영어로 이야기하는 동아리였는데, 회원이 모두 여자여서 공식 명칭인 '영어 토론 동아리' 대신 '여성 동아리'로 불렸다. 커트 머리를 깔끔하게 잘라주는 미용실도 소개해줬다.

"여자가 할 수 있는 커트 머리 말고, 남자들이 하는 커트 머리 말고, 그냥 커트 머리."

수지의 표현에 나는 물론 미용실 원장님도 크게 웃었다. 우리는 학교 정문 앞 맥도날드 이층에 앉아 빅맥 세트를 먹으면서, 음료 뚜껑을 뒤집어놓고 그 위에 짠 케첩에 감자튀김을 번갈아 찍어 먹으면서, 생각과는 너무나 다른 대학생활에 대해 하염없이 이야기하는 걸 좋아했다.

1학기 기말고사가 끝나고 여름방학이 되자, 우리는 자주 맥주 캔을 들고 청계천을 걸었다. 어느 날 수지는 자신이 존경하던 교수님에게 완전히 실망했다고 말했다. 기말고사 시험문제와 자신의 답안지에 대한 교수님의 코멘트 모두가 끔찍한 것이었다고. "끔찍해." 그렇게 말하는 수지의 얼굴은 수지를 처음 보았을 때 깃대를 들고 비장하게 걷던 얼굴, 내가 눈을 뗄 수 없었던 바로 그 얼굴이었다. 나는 내가 수지 같은 표정을 지을 일이 생긴다면 그게 무엇일까 생각했다. 잘 떠오르지 않았다.

"난 그분이 그런 사람인 줄 몰랐어."

"어떤 사람?"

"선생님이라고 불리는 것만 즐기는 사람."

자신은 절대 그런 사람이 되지 않을 거라고, 수지는 말했다. 나는 수지의 말을 다 이해하지도 못하면서 고개를 끄덕였다.

"그래, 넌 꼭 그럴 거야."

여름방학 동안 나는 수지를 따라 학교 밖으로 여러 강좌를 들으러 다녔다. 그중 하나가 '퀴어 이론 입문'이었다. 수지 앞에서는 아무렇지 않은 척했지만 강좌가 열리는 지하 사무실에 들어설 때부터 나는 내 행동 하나하나를 의식하느라 숨도 편히 쉴 수가 없었다. 가방에서 볼펜을 꺼내는 것도, 눈을 깜빡이는 것도, 침을 삼키는 것마저도 어색했다. 내가 너무 레즈비언 같을까봐. 혹은 레즈비언 같지 않을까봐.

강좌를 마치며 강사가 말했다.

"두려운 이유는 우리가 모르기 때문입니다. 알고 있으면 두렵지 않습니다. 타인에 대해서도, 자기 스스로에 대해서도."

나는 그 말을 다이어리에 적었다. 내가 상상하지 못했던, 그래서 두려워했던 타인들에 대해 생각하며. 옆자리의 수지도 무언가를 열심히 적고 있는 것이 보였다.

밖으로 나오자 빗방울이 떨어지고 있었다. 수지도 나도 우산이 없었다.

"우리 그냥 맞을까? 소나기인 거 같은데, 우산 살 돈으로 맥주나 마시자."

수지가 말했다. 우리는 길 건너편에 보이는 호프집까지 비를 맞고 가기로 했다. 바로 앞 횡단보도만 건너면 되는 가까운 거리여서 건물 처마밑에 서 있다가 신호가 녹색으로 바뀌면 뛰기로 했다.

"나 너한테 할말 있는데."

그건 충동적으로 꺼낸 말이었다. 하지만 아주 오래도록 기다린 충동이었다. 수지는 뭐든 말하라고, 대신 여기서 말고 저기 호프집에 가면 말하라고 했다. 마침 자신도 할말이 있었는데 오늘은 할 수 있을 것 같다며.

"가자."

우리가 횡단보도를 건너는 사이 빗줄기는 점점 거세졌고, 호프집으로 들어섰을 때는 둘 다 흠뻑 젖어 있었다.

호프집은 형편없었다. 생맥주는 미지근했고, 김이 다 빠져 있었다. 눅눅한 뻥튀기가 담긴 플라스틱 바구니는 테두리가 끈적끈적했다. 마른안주를 시키니 반쯤 탄 쥐포 두 마리가 나왔다. 실수로 흘린 것 같은 땅콩 몇 알과 함께. 나는 냅킨 모서리를 의미 없이 접었다 폈다 하며 수지의 눈치를 살폈다.

수지는 턱을 괴고 창밖을 보고 있었다. 비는 금세 그칠 것 같지 않았다. 나는 그 밤이 지나면 어떤 아침이 올지, 밝은 날에도 수지와 내가 마주앉아 할 수 있는 이야기가 무엇일지를 똑똑히 알고 있어야 한다고 나를 다독이며, 앞서나가려는 말들을 삼켰다. 수지가 말했다.

"우리 연애할래?"

나는 놀라서 막 집어든 맥주잔을 그대로 내려놓았다.

"왜?"

뱉고 나서야 바보 같은 말이라고 생각했다.

"우리는 서로 잘 알고, 잘 맞으니까."

수지가 잔을 들어 천천히 맥주를 마셨다. 그 모습을 바라보면서 나는 수지가 말한 '연애'라는 단어를 곱씹었다. 농담인지 진담인지 알 수 없었다. 농담이라면 어떤 말로 넘겨야 할지, 진담이라면 어떻게 대답해야 할지 머리가 복잡했다. 내 속을 알 리 없는 수지가 계속 말을 이었다.

"그런 말이 있잖아. 여자라서 사랑한 게 아니라 사랑하게 된 사람이 여자였다고. 그럼 여자를 사랑하는 사람이라서가 아니라 사랑하기로 마음먹은 대상이 여자일 수도 있는 거 아닐까. 너라면 그럴 수 있을 것 같아, 난."

"그게 무슨 소리야?"

속이 울렁거렸다. 심장이 제멋대로 돌아다니고 있는 것 같았다. 손이 떨렸고, 얼굴이 달아올랐다. 수치스럽다고 느꼈다. 내가 수지에게 듣고 싶었던 말은, 들어야 했던 말은, 그런 게 아니었다.

"오늘 강좌를 들으면서 생각했어. 사랑도 내 삶의 방식 중 하나니까, 내가 나를 잘 알면, 그냥 선택하면 되는 거잖아."

수지의 눈빛은 확신에 차 있었다. 자신이 모든 걸 선택할 수 있다고 믿는 사람의 얼굴이었다. 같은 공간에서 같은 말을 듣고도 나와는 다른 것을 깨닫는 사람, 나와는 분명하게 다른 사람의 얼굴.

"그래서…… 날 사랑하기로 선택했다는 거야?"

"그럴 수 있다는 거지."

"어떻게?"

넌 왜 그럴 수 없는데? 나는 수지의 눈에도 의문이 떠오른 것을 보았다. 자신을 이해하지 못하는 상대를 이해할 수 없는 두 사람이 서로를 마주보고 있었다. 나는 그때가 우리가 유일하게 닮아 있는 순간이라고 생각했다. 그리고 알 수 있었다. 우리가 처음 만났던 날, 내가 발견했다고 믿었던 수지는 그저 나의 바람 속에만 있었다는 걸. 내가 나를 비춰 보던 수지의 눈동자는 그때와 같았다. 달라진 것은 그 속에 비친 나였다.

그리고 나는 내가 선택할 수 없는 것이 무엇인지 알고 있는 사람이었다.

"나는 네가 하는 말 이해 안 돼. 처음부터 끝까지 다. 네가 뭘 어떻게 생각하든 네 일인데, 네 깨달음에 날 이용하려고 하지 마."

"이용하다니? 무슨 그런 말을 해."

수지가 테이블 위로 손을 뻗어 내 손을 잡았다. 나는 그 손을 뿌리쳤다.

"나, 레즈비언이야. 그러니까 헛소리 좀 작작 해."

그날 수지를 두고 호프집을 나와 지하철역까지 비를 맞고 걸으면서, 온몸에서 빗물을 뚝뚝 흘리는 나를 피하는 사람들 사이에 서서 나는 계속 중얼거렸다. 미친 헛소리, 진짜 다 헛소리라고.

그날 이후 나는 수지의 연락을 받지 않았다. 개강을 하고서도 학교에 나가지 않았다. 그대로 수지가 졸업할 때까지 휴학을 할 생각이었다. 휴학한 지 일 년쯤 지나 수지가 교환학생으로 프랑스에 갔다는 소식을 들었다. 나는 그뒤로도 한 학기가 지나 수지가 학교에 없다는 것을 확실히 알게 되고서야 복학을 했다. 마음 둘 다른 곳을 찾지 못하고 동아리실에도 다시 들락거렸다. 그러다 내가 휴학한 사이 동아리에 새로 들어온 정윤을 만났다.

정윤은 한눈에 나를 알아보았고, 또 마음에 들었다고 했다.

"언니, 애인 있어요? 완전 내 스타일."

그건 내가 처음으로 여자에게서 받은 대시였다. 정윤은 오해의 여지를 주는 사람이 아니었고, 나는 기다리고 있는 줄도 모르면서 그런 사람을, 정윤을 오래도록 기다려왔다. 우린 곧 연애를 시작했다.

정윤은 내가 졸업한 뒤 복학한 수지와 잠시 친하게 어울렸다가 곧 멀어졌다. 그렇게 될 것을 알아서 굳이 정윤에게 수지에 대해 자세히 이야기하지는 않았다. 아무래도 수지는 곁에 오래 두기 어려운 사람이었다. 누구에게나 스스럼없이 다가가서 친근하게 굴다가도 자신에게 필요한 말이라면 상대에게 어떤 상처를 준다고 해도 내뱉어버린다는 점에서. 그런 상처를 받고 떠났더라도 살면서 한 번씩은 떠올릴 수밖에 없는 다정한 눈빛을 보내고는 말이다. 정작 수지 자신은 그 사실에 대해 별 감흥이 없다는 점까지.

"수지 언니 결혼식엔 같이 갈 거지?"

뭐라고 해야 할까. 하마터면 수지와 연애 비슷한 것을 할 뻔했다고, 사랑에 빠진 건 아니고 사랑하기로 마음먹는 시도가 있을 뻔했다고…… 이야기할 수는 없지 않나. 그건 좀 아니지 않나.

마지막으로 수지를 본 건 정윤의 졸업식에서였다. 그날 정윤과 나 둘만 나오는 단 한 장의 사진, 그걸 수지가 찍어주었다. 그 사진을 보게 될 때마다 기분이 좋지 않았다. 학사모를 쓴 정윤은 밝게 웃고 있었지만, 나는 굳은 얼굴로 어색하게 정윤의 팔짱을 끼고 서 있었다. 나는 그 순간을 망친 것이 내가 아니라 수지라고 생각했다. 굳이 정윤의 졸업식에 와서, 기어코 사진을 찍어주겠다며 카메라를 든 수지.

"지혜 아들 돌잔치는 언제라고 했지? 서준이었나?"

"하준이."

정윤이 세제 거품을 묻힌 그릇들을 헹구기 위해 물을 틀었다. 물소리와 그릇이 달그락거리는 소리 때문에 정윤이 하는 말이 잘 들리지 않았지만, 대강 하준이가 얼마나 지혜를 닮았으며 어떤 귀여운 짓들을 하는지에 대해 이야기하는 것 같았다. 정윤과 친구들의 단톡방은 하루종일 그런 사진과 동영상들로 넘쳐났다. 누군가가 결혼기념일 선물로 받았다는 꽃다발, 해외 직구로 구매한 로봇청소기, 가죽소파에 커피를 흘렸을 때는 어떻게 해야 하는지 같은 서로의 견해차가 생기지 않는 화제들.

그런 이야기를 하다 오면 될 것이다. 아기의 건강을 빌어주고, 적절한 타이밍에 박수를 치고, 자리에 놓인 음식을 먹으면서 맛에 대해 몇 마디를 얹고. 수지의 결혼식에 가는 것보다는 하준이 돌잔치가 훨씬 나을 것이다.

"그래, 가자."

마침 그 순간 설거지가 끝났고, 정윤은 놀란 얼굴로 고무장갑을 낀 채 나에게 다가왔다.

"정말?"

"가지, 뭐."

"수지 언니 결혼식도?"

정말 포기를 모르는 여자였다. 정윤이 수지의 청첩장 봉투를 뜯으며 의미심장하게 웃었다. 나는 제발 돌잔치와 결혼식이 같은 날에 열리기를, 그래서 어쩔 수 없이 한 곳—당연히 수지의 결혼식—에 불참할 수 있기를 빌었다.

"아…… 어?"

탄식과 당황. 바라던 반응과 예상치 못한 반응이었다.

"같은 날이야?"

"어, 그렇기도 한데……"

정윤이 나에게 보여준 카드는 수지의 청첩장이 아니었다. 뭐라고 불러야 할까. 초대장? 아니, 그냥 초대장이라고 하기에는 화려한 금박과 펀칭이 예사롭지 않았다. 일시와 장소, 약도, 그리고 수지의 이름과 함께 적힌 '비혼식에 초대합니다'라는 문장이 아름답게 조화를 이루고 있었다. 정수지, 답다. 나도 모르게 그런 말이 나왔다.

정윤의 친구 지혜의 아들 하준의 돌잔치에 참석하기로 결정하고 난 뒤, 한 달 동안 우리는 주말마다 백화점이며 아웃렛이며 쇼핑몰이며 열심히도 돌아다녔다. 너무 티 내지는 않으면서 자연스럽게 드러나는 커플 룩을 맞추기 위해서였다. 정윤은 조금이라도 눈에 들어오는 옷은 무조건 입어본 뒤 그중 자신에게 감기는 옷을 찾는 타입이었고, 나는 이상적인 옷의 형태를 그려두고 작은 디테일의 차이에도 절대 타협하지 않는 타입이었다. 커플 룩을 고르며 지난 연애 기간 동안 싸운 것을 다 합친 것보다도 많이 싸웠다.

드디어 결정한 옷을 입고 집을 나설 때, 정윤은 지금껏 본 적 없는 기쁜 얼굴이었다. 오랜 시간 봐와서 이제 모든 표정에 익숙하다고 생각했는데, 또 새로운 표정이 있다니. 마음이 간질거려서 괜히 정윤의 옆구리를 간지럽혔다. 이렇게 좋아하는데, 결혼식 같은 거 진작 같이 가줄걸. 집들이까지는 몰라도 결혼식 정도는 그냥 사진 찍고 박수 치는 데에 동원되는 행사라고 생각하면 그뿐인데. 정윤의 친구들에게도 얼마나 유난한 사람으로 보였을지. 지난 시간 동안의 자격지심과 고집이 새삼 머쓱했다.

아기에게 줄 선물은 친환경 원목으로 만들었다는 과일 모양의 블록으로 준비했다. 정윤은 블록을 하나하나 소독약으로 닦고 말린 다음 반질반질하게 호두기름을 먹여두기까지 했다. 무지개무늬 포장지는 의도한 건 아니었지만, 나름의 위트로 보여서 괜히 뿌듯한 마음이 들었다.

전화는 돌잔치 장소인 호텔 주차장 입구에 도착했을 때 걸려왔다. 내비게이션을 잘못 보는 게 특기인 정윤이 어쩐 일로 한 번의 실수도 없이 우회전과 좌회전을 완벽히 해냈고, 덕분에 생각보다

일찍 도착할 수 있었다. 주차장 입구에서 위치를 잘못 잡아 주차 권을 뽑는 게 좀 어렵기는 했지만, 정윤은 짜증도 내지 않고 차문 을 열고 나갔다. 그때 내 무릎 위에 올려둔 정윤의 가방이 요란하 게 진동했다. 정윤에게 건네줄 생각으로 휴대전화를 꺼내다가 통 화 버튼을 누르고 말았다. 다급한 목소리가 차 안에 울렸다.

"정윤아! 어디야? 괜찮아?"

"정윤아? 듣고 있어?"

"많이 화난 거 아니지?"

"불편하면 오늘 안 와도 돼."

정윤이 고개를 돌려 어색하게 나를 보았고, 주차장 입구의 차단 기가 삐이— 신호음을 내며 올라갔다. 우리 뒤에 선 차가 짧게 경 적을 울렸다. 정윤이 얼른 다시 운전석에 앉았다.

지하주차장에 차를 세운 뒤 정윤이 보여준 건, 전날 밤 친구들 과 단톡방에서 나눈 대화였다. 지혜는 돌잡이 선택지에 대해 남편 과 아직도 싸우는 중이라고 한탄했고, 민지는 부부동반으로 참석 할 예정인데 시댁에 아이를 맡기고 가느라 좀 늦을지도 모르겠다 고 했다. 모임의 총무인 수진은 회비로 주문한 카 시트가 재고 부 족으로 취소되었다는 소식을 전했다. 정윤은 민지에게 차를 시댁 에 세워두고 지하철을 타고 오는 게 어떻겠냐고 묻고, 앞서 주문 한 사이트보다는 조금 비싸지만 카 시트 재고가 있는 사이트의 링

크를 올렸다. 평범한 대화에 파문을 일으킨 건 지영이었다.

—정윤아, 진짜 미안해.

활발히 이어지던 대화가 끊어졌다. 지영은 무릎을 꿇고 두 손을 모아 비는 고양이 이모티콘을 보냈다.

—내가 실수를 좀 했어.

—무슨 소리야?

—내가 오빠한테 너 솔로라고 했어. 오빠가 내일 너한테 자기 친구를 소개해주겠다고 할지도 모르는데, 장단 좀 맞춰주면 안 될까? 은주씨한테도 미리 미안하다고 전해주고.

—뭐?

—커플로 만날 때마다 계속 너만 혼자 오니까…… 너는 만나는 사람 없냐고 물어보는데, 나도 모르게 없다고 했어. 있다고 하면 계속 물어볼까봐…… 우리 오빠 독실한 기독교잖아.

그뒤로는 다른 친구들이 정윤보다 더 나서서 지영을 타박하는 말들이 이어졌다.

—너 미쳤어? 왜 거짓말을 해, 정윤이 곤란하게.

—나처럼 적당히 둘러대면 되지, 솔로라고 할 건 뭐냐.

—재가 꼭 저런다니까. 정윤아, 너무 기분 상해하지 마.

—지영이 너는 정윤이 만나면 진짜 싹싹 빌어라.

정윤은 한참 뒤에야 메시지를 보냈다.

—그렇게 미안하면 내일 남편 데려오지 말든가.

―어떻게 그래. 같이 가기로 했는데.

―그럼 너도 오지 말든가.

―내가 너 보러 가는 건 아니잖아. 지혜 보러 가는 거지. 우리 오빠도 지혜네 오빠랑 다 얼굴 아는 사인데 그냥 네가 혼자 오면 안 돼?

단톡방의 대화는 거기서 끊겨 있었다.

"나, 가지 말까?"

장난스럽게 말하려고 했는데, 목이 잠겨 이상한 목소리가 나왔다. 정윤이 고개를 저었다. 우리는 서로를 끌어안을 필요가 없었다. 위로가 필요한 일이 아니라는 걸, 알고 있었다. 차에서 내려 서로의 옷매무새를 매만져주었다. 팔짱을 끼고, 엘리베이터를 탔다.

돌잔치가 열리는 연회장 로비에는 색색의 풍선들이 장식되어 있었다. 안쪽에서 웃음소리가 들려왔다. 우리는 아기의 사진 액자들이 놓인 입구 옆 테이블에 준비한 선물을 올려놓았다. 그리고 그 앞에서 셀카를 한 장 찍었다. 다시 엘리베이터를 타고 내려오면서 정윤이 친구들과의 단톡방에 그 사진을 올렸다.

집으로 돌아가는 길엔 내가 운전대를 잡았다. 정윤의 휴대전화가 여러 번 울렸지만 정윤은 계속 창밖으로 시선을 둘 뿐이었다. 나는 정윤이 나에게 이야기했던 친구들에 대해 떠올려보았다. 호랑이, 토끼, 곰, 너구리, 펭귄. 그중에 펭귄이 정윤이었다. 왜 하필 정윤이 펭귄이었을까. 그런 사소한 것마저 의미심장하게 느껴졌고, 속상했다.

사이드미러를 보기 위해 고개를 돌릴 때마다 풀죽은 정윤의 얼굴이 눈에 들어왔다. 다음부터는 돌잔치고 결혼식이고 집들이고 꼭 다 가서 얼굴을 비추리라 생각했다. 누군가의 아이가 또 태어날 테고, 누군가는 두번째 결혼식을 할 수도 있으니까. 정윤의 옆에 붙어앉아 우리의 연애사를 구구절절 읊어주리라 다짐했다.

"에이, 옷이 아깝네. 이게 어떻게 산 옷인데."

부러 밝은 목소리로 투덜거리자 정윤이 피식 웃었다.

"그러게. 내가 두 번이나 울었는데."

"어디 가서 사진이라도 한 장 찍을까?"

"아냐, 괜찮아. 다음에 입을 일이 있겠지."

예상보다 빨리 돌아온 집에는 출발 전의 분주함이 고스란히 남아 있었다. 구두를 벗어 신발장에 넣고, 미처 쓰레기통에 넣지 못하고 옆에 떨어뜨린 휴지를 주웠다. 정윤은 식탁에 앉아 먹다 남긴 커피를 마셨다. 나는 정윤이 좋아하는 레스토랑과 카페를 몇 군데 떠올렸다. 이대로 오늘을 보낼 수는 없었다.

내가 막 정윤을 부르려던 때, 정윤이 먼저 입을 열었다.

"우리, 나가자."

"그래, 어디 갈까?"

정윤이 흔들어 보인 것은, 바로 그것이었다.

"……정말?"

정윤이 손가락으로 한 곳을 짚었다. 수지가 보낸 초대장의 봉투, 수신자 칸에 나란히 적힌 정윤과 나의 이름. 세상에, 우리의 이름 사이에 있는 것은 점이 아니라 작은 하트였다.

나사

K는 언제부터 내게서 등을 돌리고 잠들었을까. 곤한 잠을 자고 있는 K의 등에 손바닥을 붙였다. 검지로 척추의 뼈들을 천천히 더듬어보았다. K는 깨지 않는다. 뒤척이지도 않는다. 이대로 영영 깨어나지 않을지도 몰라. K의 등을 노크하듯 두드려보았다. 여전히 K는 잠 속에 있다. 아주 먼 곳에. 나는 K에게서 등을 돌려 슬그머니 내 등을 K의 등에 맞대었다.

어쩌면 지난주 금요일부터일지도 모른다. 아르바이트를 그만두었다고 말하자 K는 나에게 근성이 부족하다고 했다.

근성? 근성이라고?

내가 목소리를 높였고 K는 입을 다물었다. 그 전주 금요일에도 우리는 서로를 노려보았다. 아르바이트를 시작했다고 하니 K가 한숨을 쉬었다.

왜 그래? 말을 해봐, 무슨 말이라도.

K는 입술을 달싹이며 내 눈을 보다가 고개를 돌렸다. 제발, 제발, 이라고 내가 말했다.

눈을 감고 가만히 K의 등에 집중한다. K와 나의 호흡이 같은 박자를 갖게 되도록. 숨을 참기도 하고, 조금 길게 내쉬기도 하면서. 문득 그런 생각이 든다. K는 언제나 내게서 등을 돌리고 잠들었다고.

K의 잠든 얼굴이 떠오르지 않는다. K의 몸을 돌려 그 얼굴을 확인하는 대신, 나는 감은 눈의 눈꺼풀에 힘을 준다. 절대로 눈을 떠서는 안 되는 것처럼. 절대로 눈을 떠서는 안 된다는 말을 들은 것처럼. 나사를 찾아야 한다. 나사, 나사, 라는 단어를 마법의 주문처럼 되뇌면서.

의자는 침대 옆에 있다. 등받이가 없고, 둥근 받침에 다리 세 개가 달린 나무의자다. 겨우 무릎 높이 정도로 작고, 낡았다. 받침은 노랑, 다리 세 개는 각각 빨강, 파랑, 초록으로 페인트칠이 되어 있지만 반쯤은 벗어졌다. 그 의자는 언제부터 K의 침대 옆에 있었을까. 짐작할 수 있는 건 아주 오래되었다는 것뿐이다. 내가 K를 알지 못했을 때에도, 그 의자는 K의 침대 옆에 있었다.

K의 집에서 함께 살게 되면서 나는 K에게 많은 질문을 했다. 왜

창문은 왼쪽으로만 여는지, 수건은 어째서 전부 파란색인지, 식탁은 네모난 것 대신 둥근 것을 고른 이유가 있는지, 유리컵은 하나도 없고 두꺼운 머그컵뿐인 건 혹시 설거지를 할 때 손이 잘 미끄러져서인지. K는 쫑알쫑알 참견하는 내가 귀엽다고 했다.

배가 고픈 참새 같네.

그 말이 좋아 더 구석구석 들여다보며 지저귀었다.

이 의자는 어릴 때부터 쓰던 거야? 특별한 추억이라도 있어서 간직하는 거야?

K는 심드렁하게 그냥, 있으니까, 하고 대답했다.

K의 대답은 대부분 그냥, 이었지만 사실은 그저 나에게 말하지 않을 뿐이라는 걸 알고 있었다. 오른쪽으로 창문을 열면 불안해했고, 새로 사온 흰 수건은 쓰지 않았다. 계절이 바뀔 때, 기분전환을 하자고 가구 배치를 바꾼 적이 있었다. K가 돌아와서 보면 깜짝 놀라겠지, 하고 열심히 움직였다. 침대맡에 있던 의자를 발치로 옮기고 그 자리에 긴 스탠드 조명을 놓았다. 샤워를 하는 사이 K는 내가 반나절을 고심해 옮겨놓은 방안의 모든 가구들을 제자리로 돌려놓았다.

욕실 문을 열자 K가 서 있었다. 내 머리에 감긴 수건을 풀어 젖은 머리카락을 털어주었다. 나는 아무 일도 없던 것처럼 멀끔한 방안을 곁눈질로 보며 깨달았다. 책상이, 탁자가, 그리고 그 의자가 모두 제자리를 갖고 있다는 것을. 그리고 K의 집에서 아직 제

자리를 찾지 못한 건 나뿐이라는 사실도.

K는 그 의자 위에 잠들기 전까지 읽은 책을 올려놓곤 했다. 책 갈피 대신 티슈를 한 장 끼우고, 책을 덮고, 의자 위에 올려놓고, 그 위에 안경을 벗어놓았다. 침대 헤드 보드에 기대앉아 책을 보다가 졸린 눈을 비비며 책을 덮고는 손을 뻗어 의자 위에 올려놓는 K의 동작은 군더더기 없이 완벽하게 기술을 성공시키는 체조 선수의 몸동작과 비슷했다. 망설임 없는 직선, 매끄러운 포물선.

나사는 그 의자의 파란색 다리를 고정하고 있었다.

K는 책 대신 다음날 만날 고객에 대한 정보가 적힌 서류를 읽고 있었다. 나는 K의 어깨에 턱을 얹어놓거나, 자세를 바꿔 K의 종아리를 베개 삼아 베거나, 팔과 다리를 아무렇게나 K의 몸에 늘어뜨리고 콧노래를 부르거나 했다. K는 내가 아주 가볍다는 듯이, 내 무게 따위는 전혀 느껴지지 않는다는 듯이, 그래서 마치 내가 없는 듯이, 팔락팔락 종이를 넘겼다.

있잖아, 일주일 동안 일한 돈을 받을 수 있을까. 그래도 내가 일주일 동안 늦지도 않고 빠지지도 않고 열심히 일했는데. 그건 받을 수 있을까.

K가 하품을 섞어 말했다.

근로계약서는 썼어?

나는 K의 손에서 서류를 빼앗았다.

졸려? 졸리면 자자.

중요한 일이야.

K가 내 손에서 다시 서류를 가져갔다.

또 사고가 났어.

이전에도 들은 적이 있는 사고였다. 천을 재단하는 공장인데, 같은 재단기에서 일주일 사이 세 번의 사고가 났고 세 사람이 똑같이 다쳤다고 했다. 같은 병원에서 같은 진단을 받고 나란히 입원해 누워 있는 세 명의 사람.

그리고 이젠 네 명이지.

K는 보험회사에서 심사관으로 일하고 있었다. K의 고객은 믿을 수 없는 사고를 겪은 사람들이었다. 어떻게 그런 일이 일어날 수 있을까 싶은데, 정말 일어나버린 일들.

호프집에서 서빙하면서 근로계약서를 쓰는 사람이 어디 있어. 카페에서도, 편의점에서도 쓴 적 없어. 난 그런 계약서가 어떻게 생겼는지 본 적도 없단 말이야.

K가 이번에는 하품을 하지 않고 말했다.

써야 해. 써야 하는 거야.

K는 해야 한다는 말을 자주 했다. 나는 근로계약서를 쓰지 않으면 절대 돈을 받을 수 없는 건지, 그렇다면 지금까지 근로계약서 없이도 나에게 돈을 준 많은 사장들은 특별하게 선량한 사람들이었던 건지, 그런 걸 묻는 대신 K에게 키스했다. K는 나의 입술을

피하지도, 받아주지도 않았다.

그러면 그 재단기는 어떻게 됐어?

계속 돌아가고 있지.

네 사람이나 다쳤는데 또 돌리는 사람이 있나?

글쎄.

아르바이트생 구하지 않으려나.

그렇게 말하면서 나는 K의 몸 위로 올라가 K의 입술에 내 입술을 붙였다. 그때였다. K가 어쩔 수 없다는 듯이 내 허리를 감싸안기 위해 서류를 그 의자에 올려놓았을 때, 나는 파란색 다리를 고정하고 있던 나사가 제가 있어야 할 자리를 떠나 바닥으로 떨어지는 것을 보았다.

그것은 예기치 않은 추락이 아니라 의도된 자유낙하 같았다. 오로지 이때만을 손꼽아 기다려왔던 것처럼, 가뿐하게 바닥에 착지한 나사는 데굴데굴 굴러 유유히 사라졌다. 나는 내 시선이 닿지 않는 곳으로 굴러가는 나사보다 모처럼 뜨거워지는 K에게로 눈길을 돌렸다. 오랜만이었다. 나사는 내일 아침에 찾아보면 되겠지. 침대 밑이나 서랍장 아래나 문 뒤쪽, 그런 구석진 곳을. 그렇게 생각하며 눈을 감았다.

여자는 세 개의 보험에 가입되어 있었지만 그중 어느 보험도 피보험자가 아니었다. 남편의 이름으로 두 개, 아이의 이름으로 하나였고 여자는 그저 계약자일 뿐이었다. 여자의 통장에서는 다달이 보험료가 인출되었지만, 여자가 남편과 함께 일용직으로 고용된 건축 현장에서 천장에 페인트칠을 하기 위해 사다리에 올라갔다가 발을 헛디뎌 떨어졌을 때, 여자는 보름간의 입원비를 비롯한 그 어떤 보상도 받지 못했다.

게다가 보험 셋 다 상해 특약도 들지 않았으니 뭐. 우리 회사 고객인 건 맞지만 내가 해줄 수 있는 건 아무것도 없지.

K가 식탁 위의 달걀찜을 헤집으며 말했다. K는 고등학교 동창인 Y가 고객센터 상담원이었다고 했다. 구내식당에서 Y를 만났고, 어린 시절부터 지금까지 살고 있는 이 동네에 여전히 Y도 살고 있다는 사실을 알았다고 했다. 중환자실에서 일반 병실로 옮긴 여자가 동네 사람이라 더 마음이 쓰인다는 Y에 대해 이야기했다.

K는 Y와의 점심식사에서 들은 이야기를 몇 가지 더 했는데, 비슷비슷한 사연이었다. Y는 정이 많고 눈물이 헤프다고 했다.

안타까운 건 맞지만 피곤한 일이지. 없는 답을 찾겠다는 사람하고 문제를 들여다보는 건. 종일 그런 전화를 받고 있다니, 고생이 많겠어.

나는 고개를 주억거리며 생각했다. 대체 나사가 어디로 간 거지?

K가 출근하고 난 뒤 방안을 샅샅이 뒤졌지만, 나사를 찾지 못했다. 청소기를 돌리고, 손걸레로 바닥을 꼼꼼히 훔쳤지만 없었다.

이불을 털어내고 침대 커버까지 벗겼는데도 찾지 못했다. 혹시 내가 잘못 본 건 아닐까. 의자는 나사가 없이도 멀쩡해 보였다. 별로 중요한 게 아니었는지도 몰라. 의자를 살짝 흔들어보았다. 나를 비웃듯이 파란색 다리가 툭, 떨어져나왔고 세 다리 중 한 다리를 잃은 의자가 기우뚱, 바닥으로 쓰러졌다.

나는 범행 현장에서 중요한 증거를 완벽히 인멸하기 위해 고심하는 범인처럼 파란색 다리를 한 손에 쥐고 다른 손으로는 파란색 다리가 있어야 할 곳을 대신해 의자를 받친 채로 한참 쭈그려앉아 있었다. 나사는 왜 빠진 걸까. 나는 K가 없을 때 그 의자에 발을 걸치고 발톱을 깎았던 일이나, 라면 냄비를 받침 없이 올려놓았던 일, 바닥 청소를 할 때 방해가 된다는 이유로 의자를 이쪽저쪽으로 발로 밀었던 일을 떠올렸다. 의자 다리를 고정하던 나사가 점점 헐거워지고 마침내 빠져버리게 된 것이 전적으로 내 책임인 것만 같았다.

띠, 띠, 띠. 현관 비밀번호를 누르는 소리가 천둥소리처럼 컸다. 나는 의자 받침에 파란색 다리를 조심스럽게 끼워 넣었다. 겨우 중심을 맞추고 자리에서 일어섰을 때, K가 방으로 들어왔다.

뭐해?

청소.

대청소라도 한 거야? 방이 너무 깨끗하네.

K가 옷을 갈아입는 동안, 나는 멀미가 날 것 같았다. 뒤늦게 쥐

가 난 다리를 절룩거리며 부엌으로 갔다.

　달걀찜과 달걀말이를 한 상에 올려놓고 참치 통조림과 김을 꺼냈다. 아침은 K가, 저녁은 내가, 점심은 각자 해결하는 것이 우리의 규칙이었다. 설거지는 K가, 빨래는 내가, 청소는 번갈아 했다.

　너무하네, 이 밥상.

　K가 말했다.

　달걀국도 끓일까 하다가.

　내가 어색하게 웃었다.

　오늘은 어쩐지 달걀이 너무 좋아서.

　K가 달걀말이를 베어 물었다.

　청소를 너무 열심히 하느라 바빴나봐?

　달걀말이가 덜 익었는지 K의 입가에 달걀물이 새어나왔다. K가 인상을 찡그리기 전에 얼른 달걀말이 접시를 들고 전자레인지로 갔다.

　아니, 새 아르바이트도 알아보고 하느라고.

　십 초 버튼을 세 번, 띠, 띠, 띠, 눌렀다.

　난 좀더 잘게. 이상하게 자꾸 졸리네.

　출근하는 K의 등에 대고 괜한 말을 했다. 못 들었는지, 듣고도 신경쓰지 않는 것인지 K는 별말 없이 현관문을 열고 나갔다. 문이 닫히고, 복도를 걸어 계단을 내려가는 K의 발소리가 멀어지길 기다렸다. 침대에 눕는 대신 샤워를 했다. 호프집 아르바이트를 그만둔 뒤 처음 하는 외출이었다. 일주일 새에 날이 많이 따뜻해져서, 집을 나선 지 얼마 되지 않아 셔츠 안으로 땀이 흘렀다.

철물점은 사거리 횡단보도를 건너서 첫번째 골목으로 들어가면 있다. 언젠가 화장실 전구를 사러 간 적이 있었다. 겨우 한 사람이 몸을 움직일 수 있는 동선의 공간만을 남겨둔 채 사방을 빽빽하게 물건으로 채워둔 철물점은 작은 미궁 같았다. 통유리 벽과 유리문이 있는데도 빛이 잘 새어들지 못할 정도로 물건들이 쌓여 있어 어둡고 서늘했다. 그 어딘가에 나사 하나쯤은 당연히 있을 것이다. 다만 발걸음이 내키지 않는 것은 철물점으로 가는 길의 사거리, 바로 그 사거리에 내가 일주일간 아르바이트를 했던 호프집이 있기 때문이었다.

호프집에는 세 명의 사장과 세 명의 아르바이트생, 한 명의 주방장, 스물다섯 개의 테이블이 있었다. 같은 회사에 다니다가 나란히 명예퇴직을 한 사장들은 퇴직금을 모아 호프집을 차렸다. 하루에 한 명씩 번갈아가며 카운터를 지켰다. 아르바이트생 중 한 명은 오픈을 하고 두 명은 마감을 했다. 사장 중 한 명이 기독교신자였기 때문에 일요일에는 영업을 하지 않았다.

키가 큰 사장은 아르바이트생들에게 가게를 맡기고 당구를 치러 다녔고, 머리숱이 없는 사장은 유독 설거지에 잔소리가 심했다. 얼굴이 까만 사장은 영업시간 내내 1번 테이블에서 맥주를 마셨다. 한 사람은 웃을 때 꼭 침을 튀겼고, 다른 한 사람은 항상 미간을 찌푸리고 있었다. 나머지 한 사람은 재채기가 잦았다. 내가 첫 출근을 하던 날 카운터를 지키던 사장은 내가 손님인 줄 알고 어서 오십시오, 하고 인사를 했다. 셋 중 누가 일요일마다 교회에 나갔을까.

주방 옆 창고에서 유니폼을 갈아입을 때, 빈 맥주잔을 양손에 들고 카운터 옆을 지날 때, 손님이 남기고 간 마른오징어에서 다리를 하나 슬쩍 뜯어낼 때, 허리에 묶는 앞치마 끈이 풀렸을 때, 사장 중 한 명이 내 엉덩이를 더듬는다거나 실수로라도 웃어줄 수 없을 저열한 농담을 한다거나 하는 일은 일어나지 않았다. 그들은 나에게 관심이 없었고, 손님에게도, 호프집 자체에도 별 관심이 없어 보였다. 몸을 움직이기 전에는 꼭 신음 같은 한숨을 흘렸다.

대신 사흘 동안 같은 손님이 시비를 걸었다. 그는 아무 일도 하지 않고 가족도 없다고 알려진 사내였는데, 항상 동네의 누구든 붙잡고 형님, 아우, 하며 술을 얻어 마셨다. 출근한 지 이틀째 되던 날, 그는 나에게 못 보던 얼굴이 왔다며 이름은 무엇인지, 나이는 몇인지, 왜 호프집에서 아르바이트를 하는지 꼬치꼬치 캐물었다. 그는 이미 취해 있었으므로 나는 대강 대꾸했다. 이름은 홍길동이고, 나이는 서른셋이며, 아버지를 찾기 위해 돈을 번다, 그런 식으로.

사내가 호프집을 떠나고 테이블을 치우는데 그날의 사장이 나를 불렀다. 그 사내는 호프집의 단골손님이며 동네에 아는 사람들이 많으니 그를 무시하지 말고 공손하게 대하라고 했다. 다음날 사내는 나를 테이블 옆에 불러 세워놓고 노래를 불렀다. 나에게 노래를 부르라고 시켰다면 화를 낼 수 있었을 텐데 자기가 부르는 노래를 들으라고 하니 어찌해야 좋을지 알 수 없었다. 노래가 다 끝난 뒤에 그의 일행을 따라 엉겁결에 박수를 쳤더니 그날의 사장이 나에게 화를 냈다. 저런 사람은 신경쓰지 말고 무시하라고 했다.

사흘째에 사내는 팁이라며 만원짜리 한 장을 접어 손에 쥐여주고는 만원짜리를 쥔 내 손을 한참 쥐었다. 나는 그가 만원어치만큼 손을 잡고 있으려나 생각했다. 공손하게 뿌리쳐야 할지 얼굴에 만원짜리를 던져줘야 할지 고민하고 있을 때 그날의 사장이 다가왔다. 형님, 하고 고개를 꾸벅 숙이더니 얼마나 드셨냐, 오늘 기분 좋은 일 있으셨냐, 안주가 부족하진 않으시냐, 하며 내 손을 빼내주었다. 사내의 테이블에 땅콩과 김을 가져다주라고 했다.

사내와 일행이 춤을 추는 것처럼 비틀거리며 호프집을 떠난 뒤, 사장은 나에게 와서 오천원짜리를 한 장 내밀었다. 그리고 사내에게서 받은 만원을 달라고 했다.

다음날은 다른 사장이 나와야 하는데 무슨 일이 생겼다며 나에게 오천원을 받아간 사장이 나와 있었다. 그는 나에게 앞으로도 손님에게서 무언가를 받게 되면 자신에게 꼭 말하라고 했다. 맥주잔을 나르면서도, 치킨을 주문받으면서도, 테이블 밑에 떨어진 포크를 주우면서도 계속 그 말이 생각났다. 별말 아니라고 생각하면서도, 좀처럼 잊히지 않았다. 퇴근하고 집으로 가는 길에 '사장'이라고 저장된 번호로 문자메시지를 보냈다.

─그만두겠습니다.

세 명의 사장 중 누구에게 그 문자메시지가 도착했을까. 답장은 오지 않았다.

집에 도착해 아르바이트를 그만두었다고 하자 K가 말했다.

넌 그냥 참을 생각이 없는 거야. 그게 뭐든. 아무것도 무릅쓰려고 하질 않는 거지. 넌 근성이 부족해. 그래서 뭘 할 수 있겠어?

그날 다른 사장이 나왔다면 나는 잊을 수 있었을지도 모른다. 차라리 나에게서 만원을 전부 가져가버렸더라면. 마치 공범에게 보내는 은밀한 신호처럼 나를 향해 웃지 않았더라면. K에게 설명하는 대신 나는 입을 다물었다.

호프집은 아직 영업시간이 되지 않아 닫혀 있었다. 아르바이트생 구함. 평일, 주말 모두 근무. 주일 휴무.

성실하게 오래 일하실 분. 추가된 마지막 줄은 삐뚜름하게 아래로 치우쳐 있었다.

철물점 문은 잠겨 있었다. 간판 불도 켜져 있고 안쪽 조명도 다 켜져 있었다. 잠긴 문을 밀기도 하고 당기기도 하고 있으니 어디선가 여자가 젖은 손을 바지춤에 닦으며 다가왔다. 여자가 어서 오세요, 하고 주머니에서 열쇠를 꺼내 문을 열었다.

나사 하나 주세요.

어떤 걸로 드려요?

작은 나사예요.

얼마나 작은 나사?

글쎄요. 아주 작은데요.

젊은 아가씨가 정신이 없네. 아주 작다고 하면 하염없이 작아요. 눈에 제대로 안 보일 정도로 작은 나사도 있다니까. 대충 어느 정도다, 싶은 것도 없어요?

아마 이 정도, 하면서 엄지손톱을 보여주었다. 여자는 한쪽에 쌓여 있는 상자들 틈에서 노란 비닐봉투를 꺼내고 다시 그 속에서 나사 세 개를 꺼내 이중에 어떤 게 맞는 것 같으냐고 물었다. 들여다봐도 잘 모르겠어서 모르겠다고 말했다. 데굴데굴 굴러가던 나사의 궤적만 떠올랐다. 아니, 그조차도 희미했다. 오른쪽이었나, 왼쪽이었나, 확실하지 않았다.

대충 이 정도이기는 해요?

아마도요.

그럼 일단 셋 다 가져가서 끼워보고 맞지 않으면 바꾸러 와요.

이중에 하나는 맞겠죠?

그럴 거예요. 나사 크기는 규격이니까.

주머니 속 나사 세 개를 만지작거리며 철물점을 나섰다. 하나는 다른 것들보다 조금 가늘고, 나머지 두 개는 길이가 달랐다. 왔던 길을 되짚어가려다가 호프집 앞을 지나고 싶지 않아 몸을 틀었다. 좀 돌아가기로 했다.

초등학교 담장을 따라 목련, 벚꽃, 개나리, 철쭉이 영역 싸움을 하듯 한꺼번에 피어 있었다. 순서도 모르고 막 피었구나. 흰 철쭉들이 너무 환해서 목련 꽃잎은 낡아 보였다. 흰 철쭉 사이로 군데군데 분홍 철쭉이 끼어 있었다. 지난봄에 밤마다 운동 삼아 동네를 크게 돌며 이 길을 K와 함께 걸었다.

철쭉과 진달래를 어떻게 구분하는지 알아?

진달래는 꽃이 먼저 피고 잎이 나오지만 철쭉은 잎이 먼저 나고 꽃이 핀다는데?

K가 휴대폰으로 검색해 보여주었다.

그거 말고 더 확실한 차이점이 있어.

나는 꽃송이를 하나 뜯어 K의 입에 집어넣었다.

가만히 보다가 화전 부처 먹고 싶어지면 진달래, 아니면 철쭉이야.

담장 안쪽에서는 호루라기 소리에 맞춰 아이들이 공을 차고 있었다. 골키퍼 없는 골대 앞에 공을 놓고 한 줄로 서서, 선생님이 호루라기를 불면 한 명씩 달려가 공을 차고는 줄의 맨 끝에 가서 섰다. 아이들은 몸이 휘청거릴 정도로 열심히 다리를 휘둘렀지만 공은 그물을 흔들기는커녕 겨우 골라인을 넘었다. 아이들은 제가

찬 공이 어디까지 가는지 끝까지 쳐다보지도 않고 도도도 달려 줄
의 맨 끝에 섰다. 공들이 비슷비슷한 자리에 멈춰 서는 바람에 나
중에는 당구공처럼 서로를 밀어냈다.

초등학교 옆에는 편의점이, 편의점 옆에는 약국이, 약국 옆에는
미용실이, 미용실 옆에는 작은 카페가 있었다. 그 카페에 K가 있
었다. 나는 K와 마주앉은 사람이 Y일 거라고 생각했다. 괜히 횡단
보도를 건넜다.

나사는 어느 것도 맞지 않았다. 처음 돌리기 시작할 때는 얼추
맞는 것도 같다가 이내 아니라는 게 확실해졌다. 셋 중 가는 나사
는 미묘하게 헛돌았고 나머지 두 개는 아귀가 맞지 않았다. 가는
나사와 다른 나사의 중간 굵기 나사가 있다면 맞지 않을까 싶었
다. 왜 그 나사는 주지 않은 것인지 철물점 여자가 원망스러웠다.
아귀가 맞지 않는 나사 중 짧은 나사를 억지로 넣어 돌리다가 나
사 구멍에서 나무 부스러기가 떨어져 깜짝 놀라 그만두었다. 제자
리가 아닌데도 꾸역꾸역 자리를 잡은 그 나사를, K가 꼭 알아볼
것만 같았다.

맞지 않는 세 개의 나사를 손바닥 위에 올려두고 침대에 걸터앉
아 생각했다. 오늘은 너무 피곤하니까, 철물점에는 내일 다시 가
야겠다고. 이 나사와 이 나사의 중간 크기 나사를 달라고 해야겠
다고. 이제 파란색 다리를 받침에 괴어 중심을 잡는 것은 어렵지

않은 일이어서, 의자는 멀쩡해 보였다.

　나사들을 셔츠 앞주머니에 넣고, 셔츠를 벗어 옷걸이에 반듯이 걸었다. K가 작년 여름에 샀다가 이제는 입지 않는 티셔츠를 꺼내 입었다. K는 가끔 사이즈가 맞지 않는 옷을 사는 실수를 하고는 바꾸거나 무르지 않고 무리해서 몇 번 입다가 곧 옷장 깊숙한 곳에 방치했다. 그런 옷들은 결국 내 차지가 되었다. 이 티셔츠는 세 번 정도 입었을까. 아직도 소매끝이 빳빳해 새 옷 같았다. 저녁 식탁엔 달걀 반찬을 올리지 말아야지, 생각하다 까무룩 잠이 들었다.

　나사, 하고 외치며 일어났을지도 몰라. 그렇게 생각하니 머쓱했다. 꿈에서 술래잡기를 하듯 도망치는 나사를 따라 뛰어가다 깨었기 때문이었다. K가 돌아올 시각이었다. 부랴부랴 매운탕을 끓였다. 다행히 얼려둔 생선이 있었다. 두툼하게 썬 무를 깔고, 다진 마늘과 고춧가루와 멸치액젓을 넣었다. K가 좋아하는 미나리는 항상 냉장고에 있었다. K와 함께 살기 전엔 미나리와 다른 나물들을 구별하지 못했다. 시장에서 한참 망설이다가 미나리가 이중에 어떤 거예요, 하고 물었더니 오늘 미나리 없어요, 하는 대답을 들은 적도 있었다. 이제는 미나리를 손질하다 달팽이가 나와도 아무렇지 않게 집 앞 화단에 놓아줄 수 있게 되었다.

　내일은 철물점에 가 맞는 나사를 찾고 시장에 가야겠다, 철물점 여자에게 왜 그걸 빠뜨리셨느냐고 한마디해야지, 그런 생각을 하는 동안 매운탕이 보글보글 끓었다. K는 매운탕이 다 식을 때까지, 한번 더 끓여 바짝 졸아들 때까지 돌아오지 않았다. 혼자 식탁에 앉아 다른 반찬은 꺼내지도 않고서 짠 매운탕과 식은밥을 먹었다. 설거지까지 다 끝내도록 K는 돌아오지 않았다. 아무런 연락도 없었다. 전화를 걸까 하다가 K가 야근을 하고 있을지도 모른다는 생각이 들었다. 문자메시지를 보내려다가 K가 회식을 하거나 해서 답장을 빨리 하지 않으면 괜히 더 마음이 안 좋을 것 같아 그만두었다. 가만히 K를 기다렸다.

자정이 다 되어 K가 현관문을 열었다. 손에는 통닭 봉투를 들고서. K는 기분이 좋아 보였다. 회식을 하고 돌아올 때면 늘 누군가에게 불만이 가득한 상태여서 무슨 말을 해도 짜증으로 대꾸하던 K가 순순히 내가 좀 늦었지, 술을 좀 마셨어, 얼른 씻고 자야겠어, 하고 욕실로 들어갔다. 욕실 문 앞에 내려놓은 통닭 봉투에는 낯선 상표가 적혀 있었다.

내일 아침에 매운탕 먹을래?

샤워기의 물소리에 내 목소리가 묻혔는지 K는 대답하지 않았다.

있지, 내일 아침에 매운탕 먹을래?

K가 대꾸했다.

뭐라고?

물소리가 사라졌다.

뭐라고 했어?

K의 목소리가 꿈속에서 들려오는 것처럼 아득하게 울렸다.

매운탕, 내일 아침에 먹으라고.

다시 물소리가 들렸다.

그래, 좋아.

일어나니 K가 없었다. K가 옆자리에 누웠던 흔적조차 없어서 나는 곰곰이 생각했다. K가 어젯밤 돌아오지 않았던 것은 아닐까. 그게 다 꿈이었나. 부엌에 가니 식탁 위에 통닭 봉투가 얌전히 놓여 있었다. 매운탕은 지난밤 내가 먹고 남긴 그대로였다.

낯선 상표의 통닭 봉투를 열어보니 한 마리라기에는 부족하고 반 마리라기에는 다리가 두 개인, 먹다 남은 것을 포장해 온 듯한 통닭 조각들이 있었다. 나는 차가운 고기를 씹으며 생각했다. 날개가 없구나. K가 좋아하지 않는 날개가 없구나. 날개를 좋아하는 사람과 함께 먹었구나.

철물점에는 여자 대신 노인이 있었다. 깡마른 몸에 얼굴이 길었고 정갈하게 다듬은 흰 콧수염이 눈에 띄었다. 노인은 때가 탄 일인용 가죽소파에 앉아 효자손으로 발목을 긁고 있었다. 문을 열고 들어가 노인의 앞에 섰는데도 노인은 나를 알은체하지 않다가 저기요, 하고 부르자 스위치가 켜진 것처럼 자리에서 일어나 어서 오세요, 하고 말했다.

저 어제 나사를 샀는데요.

그런데요?

세 개를 주시면서 맞지 않으면 바꾸러 오라고 하셨어요.

아주머니가요, 하고 덧붙이자 노인이 끄덕끄덕했다.

어떤 게 맞던가요?

그게, 하나도 맞지가 않아서요.

나는 셔츠 앞주머니에서 나사 세 개를 꺼내 노인에게 내밀었다. 나사는 조금 미지근했다.

이거랑 이거, 중간 굵기의 나사가 있으면 맞을 것 같은데요.

그건 없는데요.

그러면 어디서 구할 수 있을까요?

아니, 그런 건 없는데요.

네?

그런 크기의 나사는 없어요. 그런 건 없어요.

확실한가요?

노인은 손사래를 치며 고개를 끄덕였다. 없죠, 정말. 그렇게 힘 주어 말하면서. 그리고 내 손에서 나사를 가져가고는 천원짜리 한 장을 내밀었다.

어쨌든, 맞는 게 없다고 하시니까 바꿔드릴게요.

나는 천원짜리 한 장을 받아들고 고민했다. 나사 하나에 삼백원 씩을 주고 샀는데 지금 나에겐 거스름돈 백원이 없었다. 그리고, 이대로 돌아갈 수는 없었다.

그렇지만 그런 중간 크기의 나사가 원래 있었던 자리인데요.

어디가요?

의자예요. 나머지 다리는 아직 붙어 있으니까, 나사를 한번 좀
봐주세요.

그럴 리가 없지만 그럽시다.

나는 노인에게 천원을 다시 건넸다.

일단 제가 의자를 가져올게요.

그렇게 말하고 어쩐지 같은 쪽의 팔과 다리가 동시에 나가는 것
같은 기분으로 철물점을 빠져나왔다. 노인에게 언제까지 다시 오
겠노라 하지 않았고, 노인도 언제까지 꼭 오라 다그치지 않았는데
도 나는 달렸다. 달리다보니 속도가 붙고 멈출 수가 없어져서 숨
이 턱까지 차오르게 전력으로 달렸다. 현관 비밀번호를 두 번 잘
못 누르고, 신발을 아무렇게나 벗어던졌다.

의자를 집어들었다. 파란색 다리가 툭 떨어졌다. 맞다. 이 다리
가 떨어졌다. 나사가 사라져서 이 다리가 의자에서 떨어져나왔다.
그렇게 되짚으며 다리를 주웠다.

이 나사는 이제 없어요.

없어요?

이게 아주 예전에는 나오던 나사인데, 언제부턴가 만들지 않게
되어서 이제는 없어요.

그럼 절대로 구할 수가 없는 건가요?

혹시 모르지, 어딘가 안 팔리고 남아 있을지도. 그런데 워낙에 오래되어가지고 아무래도 구하기 어려울 거예요. 그냥 새로 구멍을 내서 새 나사를 넣는 게 나을 텐데.

그럴 수가 없어요. 제 의자가 아니거든요. 제가 함부로 그렇게 할 수가 없어요.

그래요, 그래. 이 나사를 썼으면 오래된 의자일 텐데, 아직까지도 가지고 있는 걸 보면 꽤 아끼는가봐요.

노인은 파란색 다리를 들고 이리저리 돌려보다가 쯧쯧, 하고 혀를 차고는 원래 붙어 있어야 할 자리에 다리를 대어보았다가 떼어보았다가 하면서 어쩌다 이게 빠졌누, 하고 말했다. 꼭 의자에게 말을 거는 것만 같았다. 어디선가 새가 우는 소리가 났다. 노인이 바지 뒷주머니에서 휴대폰을 꺼냈다. 응, 그래, 응, 그래, 하고는 끊었다.

저기, 나가봐야 할 것 같은데, 어떻게 하시겠어요?

나는 노인에게서 의자와 다리를 받아들었다.

어쩔 수 없지요.

노인은 철물점 문을 잠그고, 셔터를 내리고, 택시를 잡았다. 노인이 탄 택시가 멀어져 보이지 않을 때까지 나는 가만히 서 있었다. 나사가 사라지기도 하는구나. 다시는 구할 수 없게 되기도 하는구나. 나사라는 건 너무 많은 곳에 너무 많이 있어서 언제든 구할 수 있을 거라고 생각했는데 그럴 수 없는 일도 있는 거구나. 그렇게 나사에 대해서 생각하며 걸었다. 아주 큰 나사가 쓰이는 곳, 아주 작은 나사가 쓰이는 곳, 그냥 나사가 쓰이는 곳, 그런 곳들을 떠올려보았다.

어쩌면 처음부터 이 다리에는 나사가 없었던 게 아닐까. 나사가 없이도 어떻게든 의자에 붙어 있다가 이제는 안 되겠다, 하고 떨어져버린 게 아닐까. 그런 생각까지 하며 시장에 갔다. 대구를 한 마리 토막 내어 사고, 쑥갓을 한 단 사고, 두부를 한 모 샀다. 의자를 어깨에 걸쳤다가 왼손에 들었다가 오른손에 들었다가 결국 옆구리에 끼고 다리는 쑥갓이 든 비닐봉지에 넣었다.

집에 돌아와 의자를 침대 옆에 놓았다. 파란색 다리를 감쪽같이 끼워두는 건 이제 너무 쉬운 일이었다. 조금만 조심하면 K는 나사가 사라졌다는 걸 영영 모를 수도 있을 것이다. 어쩌면 자신의 실수로 다리가 떨어져버렸다고 생각할 수도 있다. 그게 나을까. 어쨌든, 이제 와서 다리가 떨어졌다고, 나사가 사라졌다고 말하고 싶지는 않았다. 맞는 나사를 다시는 구할 수 없다고는 더더욱 말하고 싶지 않았다. 아니, 구할 수 있을지도 모르지. 어렵겠지만.

새 아르바이트를 구해야겠다. 집에서 먼, 낯선 동네에서 일할 수 있으면 좋겠다. 그 동네 철물점을 다니며 나사를 찾고, 없으면 또 다른 곳에서 아르바이트를 하며 철물점을 돌아다니는 거다. 그렇게 하다보면 언젠가는 나사를 찾을 수 있지 않을까. K가 알아채기 전에. 아무 일도 없었다는 듯이 슬쩍 끼워두고는 안심할 수 있지 않을까. 그전까지는 조금 두근거리겠지. K가 나를 빤히 쳐다보면, 무슨 말인가를 하려다가 말면, 내 말에 바로 대꾸하지 않고 고개를 돌리면, 심장이 덜컥 내려앉겠지. 나사, 하고 생각하겠지. 그래도 어떻게든 되지 않을까.

졸아붙은 매운탕을 버리고 매운탕을 새로 끓였다. 청양고추를 살걸, 하고 조금 후회했다. 더 얼큰하게 끓였으면 좋았을 걸 싶었다. 보글보글 끓는 매운탕 냄비에 쑥갓을 넣고 뚜껑을 닫았다. 불을 끄고 숨이 죽기를 기다렸다. 마침 띠, 띠, 띠, 하고 K가 현관 비밀번호를 눌렀다.

물물
교환

아침 여덟시. 여자는 공사 현장에 도착했다. 산 아래에 배수로를 만들고 콘크리트 옹벽을 쌓는 공사가 한창이었다. 원래는 철조망과 쇠파이프가 얽힌 오래된 울타리가 있었다. 그런데 언제부턴가 쇠파이프가 하나씩 사라지고 철조망도 군데군데 뜯겨나갔다. 사람들이 알아챘을 때는 이미 보수할 수 없을 지경이 되어 있었다. 자연히 그렇게 되었다기보다는 누군가 일부러 벌인 일이었다. 도로의 표지판이며 맨홀 뚜껑까지 훔쳐가는 사람이 있다는 뉴스가 심심치 않게 들려올 때였다. 범인을 잡아야 한다며 우왕좌왕하는 사이 큰비가 왔다. 산에서 흘러내린 흙과 돌과 나뭇가지 들이 근처 주택가까지 밀려 내려왔다. 골목에는 발목이 푹 빠질 만큼 진창이 생겼다. 다행히 사람이 상하지는 않았지만 치우는 데에 꽤 애를 먹었다. 작년 장마 때의 일이었다. 어느새 다시 장마철이 가까워져 현장은 분주하고 다급했다.

공사는 산으로 이어진 일방통행 도로의 끝에서부터 진행되고 있었다. 여자는 아침 여덟시부터 오후 다섯시까지 파라솔 아래에 낚시 의자를 놓고 앉아 도로로 진입하려는 차량과 사람을 차단하는 일을 했다. 플라스틱 챙이 달린 모자를 쓰고 목에는 호루라기를 걸었다. 일당 팔만원을 매일 현금으로 받기로 했다. 약속한 닷새에서 벌써 나흘째였다. 정오부터 한 시간 동안의 점심시간을 제외하고는 종일 자리를 지키고 있어야 하는 지루한 일이었지만 여자는 이 일이 마음에 들었다. 무엇보다 여자가 이전에 하던 일들에 비해 몸이 편했다.

현장에 도착하면 여자는 반장에게 출근했다는 문자메시지를 보냈다. 반장은 여자에게 일을 소개해주는 대가로 일당에서 일할씩을 받아갔다. 여자는 주로 쓸고 닦는 일을 해왔다. 새로 지은 아파트, 개업 준비를 하는 식당, 철거될 아파트, 폐업한 식당. 그런 곳에 가서 바닥을 쓸고 창을 닦고 쓰레기를 치웠다. 허리를 굽히고 펴는 동작, 눈을 시리게 하는 약품, 먼지와 곰팡이. 그런 것들 때문에 이틀을 일하면 하루는 쉬어야 했다. 무리해서 사흘을 일하면 꼭 병이 났다. 여자의 딸은 그러다 약값이 더 들겠다고 타박을 했다.

여자는 쉰이 넘으면서 고혈압과 당뇨를 진단받았다. 끼니마다 챙겨야 하는 약이 있었다. 일을 하고 집에 돌아오면 자꾸만 뒤통

수가 저려서 아무 곳에나 누워 쪽잠을 잤다. 그래도 일을 하는 게 좋았다. 반장이 소개하는 일들은 그날 바로 현금으로 일당을 주었다. 아무리 몸이 피곤해도 주머니에 돈이 있다는 사실을 떠올리면 여자는 마음이 든든했다.

도로 주변에는 공사중이니 우회하라는 내용의 안내판이 여러 개 있었지만 도로로 진입하는 차량이 생각보다 많았다. 무심하거나 고집이 센 운전자들이었다. 안내판을 보지 못했다고 하거나 봤지만 혹시나 하고 와봤다는 운전자들에게 여자는 단호히 손을 내저었다.

안 돼요. 못 가요. 못 가. 길이 없다니까요.

한번은 순찰중인 경찰차를 돌려보낸 적도 있었다. 제복을 입은 경찰이 탄 경찰차가 자신의 손짓에 따라 후진하는 모습을 보며 여자는 괜히 신이 났다. 딸에게 이야기를 해주어야지, 하고 생각했다. 엄마가 경찰을 돌려보냈단다. 어서 가세요, 어서요, 하고 경찰차를 따라가며 호루라기를 불었단다.

막고 돌려보내는 것. 그것이 여자가 하는 일의 전부였다. 앉아 있다가 일어서서 고개를 젓거나 손을 흔들거나 호루라기를 불며 몇 걸음 걷는 것. 덕분에 일을 마치고 집에 가도 별로 피곤하지 않았다. 반장은 여자에게 일을 소개하면서 좀이 쑤시고 진이 빠지는 일이라고 했지만 내내 한자리를 지키고 있어야 하는 지루함은 여자에겐 익숙한 것이었다. 여자는 남편과 함께 동네에서 작은 슈퍼를 운영했다. 근처에 대형 마트며 직판장이며 할인 마트 등이 생기는 바람에 하루에 담배 몇 갑, 초콜릿 몇 개, 소주 몇 병 파는 것이 고작이었다. 남편과 교대로 카운터를 지키며 드라마 재방송이나 연예인들의 가십을 떠드는 오락 프로그램을 보았다.

여자를 언니라 부르며 종종 반찬을 나눠주는 옆집 여자가 반장의 전화번호를 알려주었다. 처음에는 옆집 여자와 함께 짝을 지어 일을 다녔다. 언니, 나 너무 힘들어. 잠깐만 쉬고 올게. 물만 마시고 올게. 옆집 여자는 그렇게 말하고는 한참 뒤에나 돌아왔다. 옆집 여자가 자리를 비운 사이 여자는 그 몫까지 일을 더 해야 했다. 그래도 괜찮았다. 오히려 혼자가 더 편하다는 생각도 들었다. 여자는 일머리가 있었다. 남들도 그렇게 말했고 스스로도 그렇다고 자부했다. 어딜 가서 무슨 일을 해도 일 잘한다는 소리를 들었다. 일복이 있는 팔자라서…… 여자는 그렇게 말하며 웃었다. 일복이 없는 것보다는 있는 것이 낫다고 생각했다. 반장은 옆집 여자 몰래 여자에게 전화를 걸어 혼자 일을 나오라고 했다.

공사 현장에 나온 첫날, 여자는 휴대폰으로 라디오를 들어야겠다고 생각했다. 자신의 휴대폰에 라디오 기능이 있다는 건 알고 있었지만 사용해본 적은 없었다. 여자의 딸은 문자메시지를 보내는 방법과 전화번호를 저장하는 방법은 알려주었지만 라디오 기능을 사용하는 방법은 알려주지 않았다. 딸에게 전화를 걸어 물어볼 수도 있었지만 여자는 직접 알아내기로 했다. 휴대폰의 버튼을 이리저리 눌러보았다. 엉뚱한 버튼을 누르고는 괜히 놀라 휴대폰 전원을 껐다가 다시 켜기도 했다. 그리고 마침내 'FM 라디오 청취'라는 아이콘을 발견했을 때는 라디오를 발명한 사람이라도 된 것처럼 뿌듯했다.

여자는 슈퍼를 지키고 있을 남편에게 자랑스럽게 문자메시지를 보냈다.

—식사했어요나는라디오들어요

그러고는 '보낸메시지함'을 열어 자신이 보낸 메시지를 들여다보았다. 여자는 메시지를 보내고 나면 제대로 전송이 되었는지 확인하는 버릇이 있었다. 딸에게 보내려던 메시지를 다른 번호로 잘못 보내는 일이 종종 있었기 때문이었다. 여자는 남편에게 보낸 메시지를 가만히 보다가 띄어쓰기와 쌍시옷 쓰기, 물음표 쓰기를 알아내야겠다고 생각했다. 하다보면 되겠지. 못할 것이 있나. 시간은 많았다.

공사 현장에는 산에서 내려온 것인지 알록달록한 깃털을 가진 작은 새들이 자주 보였다. 여자는 새들이 쫑쫑거리며 뛰어다니고 후드득 날아오르고 몰려다니며 지저귀는 것을 구경했다. 주택가의 고양이들보다 마른 몸에 거친 털을 가진 고양이들이 날쌔게 뛰어다니기도 했다. 여자의 딸과 또래로 보이는 남자가 하루에 두번 고양이들에게 먹이를 주었다. 플라스틱 그릇에 사료를 부어 구석에 두면 고양이들이 꼬리를 세우고 눈치를 보며 허겁지겁 먹었다. 가끔 고양이보다 청소부가 먼저 와서 그릇을 치워버리면 어떻게 알았는지 남자가 다시 나타나 새 그릇을 놓았다.

그런 풍경들을 보며 여자는 파라솔 아래에 앉아 있었다. 낚시 의자는 엉덩이를 편히 걸치기엔 조금 작았지만 아주 불편한 것도 아니었다. 날씨는 화창했고 바람이 지나가며 파라솔을 살짝 흔들었다. 여자는 라디오에서 흘러나오는 노래에 발로 장단을 맞추었다. 딱 일주일만 더 이 일을 했으면 좋겠다, 하고 생각했다. 언제 또 이렇게 편한 자리에 앉아볼 수 있을까. 하지만 공사는 내일까지로 예정되어 있었다. 여자는 못내 아쉬웠다.

사실 공사는 일주일 전에 끝났어야 했다. 정식 공사 기간은 지난주까지였다. 그 기간에는 현장 앞의 도로를 폐쇄하고 우회로를 안내하는 표지판을 세워두었기 때문에 여자가 하는 일은 필요하지 않았다. 그런데 어쩐 일인지 다 지어놓은 옹벽을 부수고 처음부터 다시 짓는 공사를 하고 있었다. 채석장에서 돌을 싣고 오는 트럭 기사는 내가 이럴 줄 알았지, 이럴 줄 알았어, 하며 혀를 찼다. 그의 말에 따르면 돌이 영 잘못되었다고 했다. 잘못된 돌을 우겨가며 쓰다가 들통이 나서 다시 제대로 된 돌을 가져오느라 귀찮게 되었다고 했다. 여자로서는 덕분에 일을 할 수 있었으니 나쁠 것이 없었다. 게다가 이제는 제대로 된 돌을 쓴다고 하니 다행이라고도 생각했다.

하얀 승합차가 도로로 진입했다. 돌을 싣고 오는 트럭이나 포클레인같이 여자가 막지 않아도 되는 차였다. 차가 여자의 앞에 멈춰 섰다. 곧 운전석 창문이 열리고, 오늘도 고생이 많으십니다, 하고 남자가 말을 걸어왔다. 남자는 공사 현장의 인부들에게 도시락을 배달하는 사람이었다. 현장 주변에 마땅한 식당이 없다고 해서 여자도 도시락을 하나씩 받기로 했다. 대신 점심시간에 자리를 뜨지 않겠다고 했다.

출근 첫날, 도시락을 받게 되었으니 하나 달라고 했을 때 남자는 대뜸 말을 놓았다.

누님은 이런 일 안 하실 것처럼 생겼는데, 어쩌다 거기 앉았수?

여자는 그가 자신의 막냇동생보다도 한참은 어릴 거라고 생각했다. 따지자면 딸과 더 가까운 나이일 것이다. 이런 일, 이라는 말도 조금 우스웠다. 중학교에 진학하지 않고 방직공장에 취직했던 열네 살부터 여자는 자주 그런 말을 들어왔다. 손이 참 곱다, 안색이 밝다, 고생은 안 하고 사셨을 것 같다, 라는 말들. 사람들은 여자를 나이보다 어리게 보았다. 여자는 그것이 자신을 만만하게 여기기 때문이라고 생각했다. 그리고 그것이 재미있었다. 사람들이 참 단순하구나, 싶었다. 보고 싶은 것만 보는구나.

여자는 자신을 쉽게 대하는 사람들에게 더 깍듯하게 대했다. 도시락을 배달하는 남자는 여자에게 몇 번 더 농을 치다가 현장소장에게 여자의 나이를 듣고는 얌전히 존대를 했다. 말씀 편하게 하세요, 하고 말하기도 했다. 하지만 여자는 말을 놓지 않았다.

남자가 여자에게 도시락을 내밀며 말했다.

들으셨어요?

뭘요?

공사가 오늘 끝날 수도 있다고 하던데요.

그래요?

못 들으셨어요?

네, 못 들었어요.

내일 배달은 아침에 연락하면 오라고 하더라고요.

아쉽게 되었죠, 하고 남자가 말했다. 여자도 그렇게 생각했다.
아쉬웠다.

여기가 그래도 나라에서 하는 공사라고 식비를 안 떼먹고 잘 주
거든요.

그는 다른 공사 현장에서는 돈을 덜 받기도 하고 아예 못 받는
일도 있다고 했다. 공사가 끝나면 한 번에 주겠노라 해놓고는 연
락이 끊어지기도 하고, 배달한 도시락 개수를 적어 영수증을 보내
면 그럴 리가 없다면서 금액을 고친 영수증이 돌아온 적도 있다고
했다.

저야말로 그럴 리가 없죠. 하나하나 다 세어서 확인하는 건데.

남자는 억울하다고 했다. 여자는 그렇죠, 그런 일이 있죠, 하며
고개를 끄덕였다.

슈퍼를 열기 전에 여자는 식당을 운영했다. 잔치국수와 비빔국수, 야채김밥과 참치김밥을 파는 작은 식당이었다. 아침 열시에 문을 열어 밤 열시에 닫았다. 큰 사거리의 대로변에 위치해서 손님이 제법 있었다. 가끔 딸이 도와주기는 했지만 주로 여자 혼자 주방과 홀을 바쁘게 오갔다. 아침에는 포장을 해가는 손님들이 많았고 오후에는 교복을 입은 학생들이 와글와글 몰려 앉아 단무지를 더 달라고 졸알거렸다. 그러면 여자는 멸치볶음과 김을 뭉친 주먹밥을 만들어 덤으로 얹어주곤 했다.

밤이 되면 피곤한 손님들이 늘었다. 잠깐 화장실에 다녀오겠다고 나가서는 돌아오지 않거나, 그릇을 싹싹 비워놓고는 맛이 없으니 돈을 내지 못하겠다며 실랑이를 벌이기도 했다. 술을 가져오라는 손님도 있었다. 술집이 아니라 밥집이라 술을 팔지 않는다고 말하니 젓가락을 던지며 고래고래 소리를 질렀다. 다른 손님들이 눈치를 보며 슬금슬금 자리에서 일어났다.

아주머니, 경찰에 신고를 하세요.

한 손님이 그렇게 속삭였다. 여자도 경찰을 불러본 적이 있었다. 형제인 것 같은 두 사람이 서로 주먹질을 하고 다투어서 신고를 했더니 여자도 함께 경찰서에 가야 했다. 별일은 없었지만 피곤했다. 경찰서를 다녀오는 동안 진이 빠져서 그날 장사도 제대로 하지 못했다. 게다가 형제가 먹은 음식 값도, 깨뜨린 그릇 값도 받지 못했다. 몇 번 더 비슷한 일이 있었고, 여자는 경찰에 신고를 하는 것보다 잘 달래어 내보내는 게 낫다는 생각을 하게 됐다.

술을 달라니까. 손님이 달라는데 왜 안 주는 거야. 나를 우습게 보는 거야.

여자에게 삿대질을 하며 다가오는 손님에게서는 술냄새가 났다. 여자는 주춤주춤 뒤로 물러섰다. 그때 여자의 남편이 식당에 들어섰다. 남편은 목수였다. 낮에는 여기저기 돌아다니며 나무를 만지고 밤이 되면 식당 일을 거들어주었다. 남편이 손님을 말리려 붙들다가 넘어졌다. 의자와 테이블이 같이 밀려나며 요란한 소리가 났다. 손님은 그대로 밖으로 나가버렸고 남편은 팔을 다쳤다. 남편은 별일 아니라며 병원에 가지 않았다. 그러다 며칠 뒤부터 손가락이 잘 구부러지지 않았다.

식사 맛있게 하십쇼.

도시락을 배달하는 남자가 여자에게 묵례를 하고 운전석 창문을 닫았다. 차가 공사 현장으로 들어갔다. 여자는 남편에게 문자 메시지를 보냈다.

—식사했어요? 냉장고에 도라지무침이 있어요. 꺼내 드세요.

여자는 이제 띄어쓰기도 할 수 있고 쌍시옷도 넣을 수 있고 물음표도 만들 수 있었다.

점심을 먹고 나면 공사 현장에는 막걸리 냄새가 퍼진다. 트로트도 울린다. 한낮의 뙤약볕 아래에서 인부들은 한 손에는 저마다

의 도구를 들고 다른 손에는 막걸리 병을 든다. 흘리는 땀만큼 막
걸리를 마신다. 노래도 따라 부르고 으쓱으쓱 어깨춤도 춘다. 더
위에 달궈지는지 술기운에 열이 오르는지 모를 몸을 움직인다. 자
기들끼리 실없는 농담을 하며 낄낄거린다. 여자의 남편은 술을 잘
마시지 못했다. 남편이 목수 일을 할 때, 여자는 여름이 되면 미숫
가루를 물에 타 한 병씩 얼려주었다. 밤새 꽁꽁 얼려도 현장에만
나가면 금세 녹는다고 했다. 남편은 보얗게 미숫가루가 가라앉은
병을 들고 돌아왔다.

여자가 호루라기를 길게 불었다. 도로에 막 진입하려는 차가 있
었다. 차를 향해 손을 내저었다.

못 들어와요, 못 들어와. 돌아가세요.

왜 못 들어갑니까?

저 앞에 안내판 못 보셨어요?

무슨 안내판이요?

공사중이에요.

무슨 공사를 길을 막고 합니까?

장마 때 산사태 안 나게 하는 공사예요.

여기 길을 막아놓으면 한참을 돌아가야 한단 말입니다.

운전자는 계속 투덜거렸다. 여자는 더이상 대꾸할 말이 없어 그
저 가만히 서 있었다. 제풀에 지친 운전자가 기어를 바꿀 때까지
기다렸다. 곧 장마가 온다. 큰비가 내리면 또다시 산에서 흙이 흘

러내릴 것이다. 운전자는 지난 일을 모르는 걸까. 아니면 벌써 잊은 걸까. 이 공사는 필요한 공사다. 필요한 일을 하는데 길을 좀 돌아가면 어떤가. 여자는 그렇게 생각했다.

차가 사라지고 얼마 되지 않아 새로운 바퀴가 도로에 들어섰다. 노인이 끄는 리어카였다. 노인의 허리는 굽었고 입고 있는 옷은 해졌다. 챙이 뒤틀린 모자를 쓰고 짝이 맞지 않는 슬리퍼를 신었다. 매일 같은 모습이었다. 여자는 입이 말랐다. 노인이 온몸으로 리어카를 끌며 공사 현장으로, 그 앞을 막아선 여자를 향해 다가왔다. 이번에도 노인의 리어카 안에는 노인이 열심히 모았을 물건들이 가득할 것이다. 신문, 종이 박스, 유리병, 고철, 그런 것들과 함께 노인이 한 걸음 한 걸음 여자에게로 가까워지고 있었다. 여자는 오늘은 꼭, 이라고 생각했다. 오늘은 꼭 저 노인을 그냥 돌려보내리라, 다짐했다.

여자는 일을 시작한 첫날부터 노인을 만났다. 리어카를 끌고 오는 노인의 앞을 막았다.

들어가시면 안 돼요. 지금 공사중이에요. 더 못 가세요.

그렇게 말했다. 노인은 여자를 슥 훑어보더니 리어카는 여기에 두고 갈 거라고, 금세 들어갔다가 나오겠다고 말했다.

들어가신다고요? 그러시면 안 돼요.

금세 갔다가 온다니까.

관계자 외에는 출입이 금지예요.

내가 출입을 하겠다는 게 아니고, 딱 저기까지만.

저기까지만 갔다 오면 돼, 하고 노인이 가리킨 곳은 공사중에 나온 쓰레기들을 쌓아둔 더미였다. 그곳은 엄연히 공사 현장의 안쪽이었고, 쓰레기들은 밤이 되면 지정된 업체에서 수거해 가도록 정해져 있었다. 여자는 현장소장의 말을 떠올렸다.

저중에 돈이 되는 게 있어서 가져가려는 사람들이 있을 텐데 절대로 들여보내시면 안 됩니다. 혹시 훔쳐가려고 하거든 꼭 막으셔야 해요. 그런 사람들 때문에 울타리가 무너진 겁니다. 그래서 이런 공사를 하게 된 거예요.

공사 현장에는 절대로 들어가실 수가 없어요.

아니, 그러면은 저기 저거, 딱 저기 저거만 가져올게.

노인이 쓰레깃더미들 사이에 세워진 종이 박스들을 가리켰다. 얼핏 봐도 많은 양이 아니었다. 여자는 망설였다. 땀을 흘리고 있는 노인이 돌아가신 아버지를 닮았다고 생각했다. 몸이 안 좋은 시아버지를 닮은 것 같기도 했다. 어쩐지 남편하고 닮았다는 생각마저 들었다. 노인의 굽은 허리, 피부의 주름, 푸석푸석한 머리카락이 너무도 애처로워 보였다.

그러면요, 여기서 잠시만 기다리세요. 가만히 계셔야 해요.

여자는 쓰레깃더미 쪽으로 뛰어가 종이 박스를 들고 왔다. 네개였다. 고작 네 개니까, 이 정도는 괜찮지 않을까. 여자는 노인의 리어카에 종이 박스를 실어주었다.

아이고, 고마워요, 고마워요.

떼를 쓰는 아이 같았던 노인이 연신 허리를 굽혔다. 여자는 노인이 리어카의 방향을 바꾸는 것을 도와주었다. 어서 가세요, 이제 오지 마세요, 하고 손을 흔들었다.

노인은 다음날 또다시 리어카를 끌고 나타났다. 안녕하시지요, 하고 여자에게 알은체를 하면서 다가왔다. 마치 오래 얼굴을 보고 지낸 사이처럼 친근하게 웃었다. 여자는 무언가 잘못되었다는 생각이 들었다. 노인은 늘 그래왔다는 듯이 여자 앞에 리어카를 세우고는 힐끔힐끔 공사 현장 안쪽을 곁눈질했다. 쓰레깃더미 옆에는 종이 박스와 함께 인부들이 마신 막걸리의 빈병들이 쌓여 있었다.

들어가시면 안 돼요.

알지요, 알지요.

관계자 외에는 출입금지예요.

그럼요, 그럼요.

노인은 여자의 말마다 공손하게 대꾸를 했다. 그 모습에 여자는 마음이 더 찝찝했다. 아버지뻘의 남자가 자신에게 고개를 조아리는 모습이 불편했다. 노인은 자리를 뜨지 않고 여자의 눈치를 보았다. 그러다 때가 탄 낚시 조끼 주머니에서 슬그머니 무언가를 꺼내 여자에게 내밀었다. 이거 받으시오, 하면서.

노인이 내민 것은 참외였다. 여자의 두 손에 가득 들어오는 크기였다.

이게 하나에 천오백원이나 한다오.

이걸 왜 저를 주세요?

벌써 노랗게 잘 익었고 단내도 나는 것이 아주 맛이 있을 거 같고. 여름에는 역시 참외지. 참외를 먹을 때지.

노인은 그렇게 주절주절 참외에 대해 이야기를 하다가 여자와 눈이 마주치자 이를 드러내고 아이처럼 헤헤 웃었다. 어제 일이 고마워서, 하며 쓰레깃더미 쪽으로 눈짓을 했다.

저기 저 병들도 가져가면 다 돈이지. 별거 아닌 거 같아도 다 돈이라니까. 큰돈은 아니지만 잘 모으면 참외도 하나 사고 그러는 거지.

여자는 자신의 손에 들린 참외를 보았다. 종이 박스와 빈병을 얻기 위해 참외를 주머니에 넣고 왔을 노인을 생각하니 짠한 마음이 들었다. 여자는 쓰레깃더미 옆에 놓인 종이 박스와 막걸리 병을 노인의 리어카에 실어주었다. 종이 박스는 제법 묵직한 것으로 여섯 개나 되고 막걸리 병도 여럿이어서 한 번에 싣지 못해 왔다 갔다했다.

그날 일을 마치고 집에 돌아와 가족들과 저녁을 먹을 때까지, 여자는 자신의 가방에 참외 하나가 들어 있다는 것을 까맣게 잊고 있었다. 접이식 상을 펴고 된장찌개와 김치와 나물과 계란말이를 놓고 밥을 먹었다. 남편이 좋아하는 된장찌개와 딸이 좋아하는 계란말이 사이에서 여자는 찬물에 밥을 말아 먹었다. 당뇨약을 먹기 시작하면서 여자는 마른밥을 목으로 넘기는 것이 점점 힘들어졌다.

식사를 마친 딸이 여자에게 물었다.

엄마, 집에 과일 같은 거 없어?

여자는 그제야 가방 속 참외를 기억해냈다. 작은 손가방 안에 불룩하게 자리잡고 있던 참외가 딸의 호기심을 자극했다.

이게 웬 참외야?

여자는 참외 껍질을 깎으며 노인과 있었던 일을 이야기했다.

그러면 안 되는 거 아닌가?

참외 조각을 우물우물 씹으며 딸이 말했다.

안 되나?

여자가 되물었다.

아무래도 그게 좀 그거 같잖아.

그거?

뇌물.

딸이 사뭇 비장하게 말해서 여자는 웃음이 터졌다. 딸도 웃었다. 남편도 웃었다. 참외는 달았다.

참외가 뇌물이라고?

그렇지 않나?

고작 이 참외 하나가 뇌물이라고?

딸이 휴대폰으로 사전을 검색했다.

뇌물. 명사. 어떤 직위에 있는 사람을 매수하여 사사로운 일에 이용하기 위하여 넌지시 건네는 부정한 돈이나 물건. 뇌물수수. 뇌물을 받다. 뇌물로 매수하다.

딸이 또박또박 읽는 소리를 들으며 여자는 듣고 보니 그렇기도 하다는 생각이 들었다. 곰곰이 따져보니 맞는 말 같았다. 마음이 심란했다. 여자의 마음을 아는지 모르는지 딸은 계속해서 직위니 매수니 하는 단어들을 검색해나갔다. 여자가 고개를 절레절레 저었다.

아니, 뇌물은 아니야.

그럼 뭐야?

그러니까, 이거는 말이야, 이거는……

물물교환 같은 거지.

여자의 말에 딸이 웃었다. 남편도 웃었다.

어떤 직위에 있는 사람을 매수하여 사사로운 일에 이용하기 위하여 넌지시 건네는 부정한 돈이나 물건. 여자는 뇌물의 정의를 생각하며 잠들었다. 아침에 일어나 나갈 채비를 하면서도 자꾸만 생각이 났다. 자신이 어떤 직위에 있는지, 노인의 요구는 사사로운 일인지, 참외를 건넬 때 넌지시 주었는지, 그런 것들을 생각하는 것이 우스운 일이라고 생각하면서도 생각이 났다. 고작 참외 하나인데. 참외 하나에 종이 박스와 막걸리 병일 뿐인데. 뇌물수 수 같은 말은 대단한 사람들에게나 붙이는 거 아닌가.

여자는 또 노인이 오면 이번엔 꼭 그냥 돌려보내리라 생각했다. 참외가 아니라 콩 한 쪽을 주어도 받지 않으리라 생각했다. 그러면 이런 찝찝함도 쓸데없는 생각도 없을 것이었다. 여자는 도로 입구를 노려보며 노인의 리어카가 나타나기를 기다렸다.

노인은 손까지 흔들며 여자를 반가워했다.

어제는 정말 고마웠어.

노인은 여자에게 참외부터 내밀었다. 노인은 뇌물이라는 말을 알까. 지금 자신이 뇌물을 건네고 있다는 생각을 할까. 여자는 참외를 받지 않고 아무 말 없이 노인을 쳐다보았다. 노인은 쓰레깃더미 옆에 놓인 고철들을 보는 게 분명했다. 종이 박스와 빈병 정도면 몰라도 고철은 꽤 값이 나갈 것이었다. 지정된 업체에서 수거해 가는 것이 맞았다. 노인이 여자의 손에 참외를 쥐여주었다.

이러시면 안 돼요.

알지, 알지. 관계자 외에는 출입금지니까 말이야.

노인이 아이고, 이것참, 하며 참외를 한 개 더 꺼냈다. 이로써 명확해졌다. 이것은 뇌물이다. 뇌물이 분명하다. 여자의 팔에 오스스 소름이 돋았다.

많이도 아니고, 조금만 있으면 돼. 참외 살 만큼만 말이야. 어제

174

참외 참 맛있었지?

참외는 달았다. 여자는 참외의 단맛을 기억했다. 딸도, 남편도, 모두 맛있게 참외를 먹었다. 뇌물이니 매수니 부정이니 하며 참외를 먹었다.

서로 조금씩만 돕고 살면 좋지.

여자는 노인의 뻔뻔스러운 얼굴을 보았다. 이래서는 안 된다. 더이상은 안 된다. 여자는 생각했다. 살면서 부끄러운 일을 한 적이 없다고 자부해왔다. 참외 두 개를 노인에게 내밀었다.

안 받아요, 이런 거.

아니, 왜 안 받아.

뇌물, 이라는 말은 나오지 않았다.

제가 왜 받아요, 이거를.

고마워서 주는 건데 왜 못 받아.

고마울 일 없어요.

여자와 노인이 옥신각신 참외를 주고받다가 그만 참외 하나가 바닥으로 떨어져 깨졌다.

아니 이걸 어째. 이게 얼마짜린데. 내가 이거를 사려면 박스를 몇 개나 주워야 하는데.

노인이 깨진 참외를 주웠다. 여자는 당황했다. 이럴 생각은 아니었다. 아직 멀쩡한 참외 하나는 여자의 손에 쥐여져 있었다.

결국 여자는 쓰레깃더미 옆의 고철 중 제일 작은 것을 골라 노인에게 주었다. 종이 박스와 빈병도 실어주었다. 하지만 참외를 집으로 가져가지는 않았다. 남편과 딸과 나란히 앉아서 참외를 깎아 먹으며 또다시 뇌물이니 부정이니 하는 말을 하고 싶지는 않았다. 일당을 받을 때 현장소장에게 참외를 주었다. 소장은 이게 무슨 참외예요, 하며 참외를 받았다. 여자는 그냥 드세요, 하고 돌아섰다.

오늘이 끝이에요. 정말이에요. 이제 오시면 안 돼요. 이러시면 안 되는 거예요.

여자는 리어카를 끌고 가는 노인의 등뒤에 대고 몇 번이나 말했었다. 그런데도 노인은 다시 찾아온 것이다.

여자는 노인이 리어카를 세우기 전에 먼저 리어카 앞에 섰다.

돌아가세요.

아이, 이거 왜 이러나.

노인은 마치 입장권이라도 찾는 것처럼 조끼 주머니 속에 손을 넣었다.

안 돼요!

여자가 소리를 지르자 노인이 움찔 몸을 움츠렸다. 하지만 노인은 곧 얼굴에 웃음을 띠었다.

이거 참, 야박하게 왜 이래.

안 됩니다.

여자는 완강하게 고개를 저었다. 노인이 주머니에서 참외를 꺼냈다. 하나, 둘, 셋. 세 개였다. 여자는 기가 막혔다. 이 사람이 지금 나를 어떻게 보는 건가. 참외 세 개, 참외 세 개로 지금 뭘 하자는 건가. 내가 만만하다는 건가. 노인은 고집스럽게 여자의 품에 참외를 안기려 했다. 여자가 몸을 피하며 한 걸음 뒤로 물러서자 참외들이 바닥으로 떨어져 내리막길을 데굴데굴 굴러갔다.

뭐하는 짓이야?

돌아가세요.

저 참외가 어떤 참외인데. 저거를 저렇게……

돌아가세요.

여자는 물러서지 않겠다고 생각했다. 노인의 하소연과 신세한탄에 넘어가지 않으리라 다짐했다. 노인은 참외들을 다시 주워와 건네도 여자가 받지 않자 여자의 발 앞에 참외들을 내려놓았다.

이러셔도 소용없어요. 돌아가세요.

여자가 참외들을 옆으로 밀어냈다.

너무하네. 정말 너무하네.

노인이 말했다. 너무해. 너무하다고. 그렇게 말하면서 노인은 리어카를 세워둔 채 어디론가 걸어갔다.

리어카 가져가세요, 여기서 치우세요.

여자가 그렇게 말해도 노인은 듣는 척도 하지 않고 계속 걸어갔다.

다시 돌아온 노인의 손에는 검은 비닐봉지가 들려 있었다. 여자는 그 안에 무엇이 들어 있는지 들여다보지 않아도 알 수 있었다. 참외였다. 참외가 한가득 들어 있었다.

자, 이제 됐지. 이제 됐지 않느냐고.

무슨 말씀이세요. 이 참외가 다 뭐예요.

이래도 안 된다고? 이래도?

노인은 그렇게 말하면서 여자에게 비닐봉지를 안겼다. 달콤한 냄새가 났다.

여자는 노인을 막아냈다. 노인을 들여보내지도 않았고 노인에게 종이 박스나 빈병을 가져다주지도 않았다. 노인은 리어카를 끌고 떠났다. 여자에게는 참외 한 봉지가 남았다. 가져가시라고 하는데도 노인은 끝끝내 여자에게 참외 봉지를 안겨주었다.

여자는 낚시 의자 옆에 참외 봉지를 내려놓고 앉았다. 고양이 서너 마리가 어슬렁거리다 지나갔다. 여자는 세 대의 승용차와 한 대의 오토바이를 저지했다. 길을 잘못 든 등산객들에게 길을 알려주기도 했다.

일을 마칠 시각이 되자 현장소장이 찾아왔다. 오늘 공사가 끝날 수도 있고 내일까지 이어질 수도 있다고 했다.

아침에 연락을 드릴게요. 오늘 수고하셨어요.

소장이 만원짜리 지폐 여덟 장을 내밀었다. 여자는 소장에게 참외 봉지를 줄까 하다가, 그건 마치 내일도 불러달라는 것 같아서, 참외 한 봉지가 그런 사사로운 이익을 위해 넌지시 건네는 물건이 될 것 같아서 그만두었다. 여자는 일을 소개해준 반장에게 일당을 받았다고 문자메시지를 보냈다. 팔천원을 소개비로 송금하기 위해 집에 가기 전에 은행에 들렀다.

집에는 아무도 없었다. 남편은 슈퍼의 카운터를 지키고 있을 것이고 딸은 학교에 갔다. 여자는 식탁 위에 참외가 가득 담긴 비닐 봉지를 올려놓았다. 집안에 달콤한 참외 냄새가 퍼져나갔다.

블랙
제로

경이 해고되었다. 내 휴무일이던 어제의 일이다. 윤에게서 들었다. 탈의실 문을 열자 있어야 할 경 대신 윤이 있었다. 해고 사유, 내부 지침에 의해 공개하지 않음. 인력 충원, 예정 없음. 윤의 입에서 나오는 단어들은 직선 같다. 분명한 점에서 시작되어 예정된 곳까지 망설이지 않고 정확히 뻗어나가는 직선. 나는 그 말들이 나를 찌르는 것 같다고 생각한다. 윤의 시선처럼. 윤이 나를 빤히 쳐다보고 있다. 해야 할 말이 있는 것처럼. 혹은 나에게 들어야 할 말이 있는 것처럼. 나는 윤에게서 등을 돌려 사물함을 연다.

스타킹은 검정. 살갗이 비치지 않는 두께여야 한다. 머리는 하나로 묶어 틀어올리고 잔머리가 나오지 않도록 실핀을 꽂는다. 분홍색 공단 블라우스는 단추가 너무 많고, 감색 스커트는 몸을 조이듯 딱 맞는다. 검은 재킷을 걸친다. 가슴팍에는 명찰과 둥근 배지가 달려 있다. 배지에는 웃는 얼굴의 토끼 마스코트가 그려져 있다. 토끼는 두 발로 서서 짧은 앞발을 가지런히 모으고 공손히 서 있다. '친절 사원'이라는 네 글자가 토끼의 머리 위에 무지개처럼 펼쳐져 있다.

나는 사물함 문 안쪽에 붙은 거울로 내 등뒤에서 유니폼을 갈아입는 윤을 훔쳐본다. 아직 묶지 않은 윤의 머리칼이 치렁치렁 늘어져 있다. 여느 때의 아침이었다면 저 자리에 경이 있었을 것이다. 아르바이트생인 윤은 유니폼 대신 흰 셔츠와 검은 바지를 입게 되어 있지만 오늘은 나와 같은 유니폼을 입는다. 경의 것이다. 나는 조금 곤란하게 되었다고 생각한다. 당장 내일부터 시작될 세일 행사가 걱정이다. 아르바이트를 시작한 지 고작 한 달이 된 윤을 데리고 무사히 행사를 치러낼 수 있을까. 머리를 틀어올리는 윤의 손길이 엉성하다. 윤은 좀처럼 잔머리를 말끔하게 정리하지 못한다. 윤에게 여분의 실핀을 건넨다. 두 개면 될 줄 알았는데 네 개를 쓰고서야 겨우 모양이 잡힌다.

저 원래 내일 휴무잖아요. 어떡해요?

어쩔 수 없지. 갑자기 생긴 일이니까.

정말 중요한 일이 있단 말이에요.

여기 일보다 더 중요한 일을 또 하고 있어?

제 사생활까지 말씀드려야 해요? 불합리해요.

입을 비죽이는 윤에게 대걸레를 쥐여주고 바닥부터 닦으라고 지시했다. 윤은 그런 말을 잘했다. 사생활이라느니, 불합리라느니, 인권이니, 존엄성이니 하는 말들을. 새로 배운 단어를 부모 앞에서 쫑알대는 아이처럼 그런 말들을 또박또박 내뱉고는 덧붙였다.

정말 말도 안 돼요.

아르바이트를 시작하고서 윤이 가장 많이 한 말일 것이다. 세명의 매장 직원 중 매일 두 명 이상은 반드시 출근해야 한다는 규정에 대해 설명해주었을 때, 윤은 처음 그 말을 했다.

말도 안 돼요!

경이 깔깔대며 웃었다.

말이 돼. 하다보면 다 돼.

나는 아이를 어르듯 윤을 다독이던 경을 떠올린다. 경은 해고되었다.

바쁜 날이다. 경의 일에 대해 묻고 싶지만 일단은 상품 분류표를 확인했다. 조회가 시작되기 전에 매장 청소를 마치고 신상품을 진열할 이동식 매대도 준비해야 했다.

물류창고에 물품이 도착했는지 확인하는 전화를 끊고 나자 조회의 시작을 알리는 음악이 흘러나왔다. 새가 지저귀는 소리, 물이 졸졸 흐르는 소리, 바람에 나뭇잎이 흔들리는 소리와 함께 경쾌하게 건반을 두드리는 피아노 소리. 매니저들은 아침의 소리라고 불렀고, 직원들은 또 시작되는 소리라고 했다.

안녕하세요, 여러분. 자, 오늘도 활기찬 하루를 시작합시다. 우리 백화점 직원은 다음과 같은 사항을 항상 숙지하고 철저히 준수합시다.

개점시간 삼십 분 전에 나오는 조회 방송을 한 문장씩 따라 하는 것으로 공식적인 일과가 시작된다. 조회 방송은 오 분 동안 진행되고 그뒤에는 각층을 관리하는 매니저가 매장마다 돌아다니며 '친절 교육'을 실시한다. 백화점은 올해의 캠페인을 '우수 친절 사원 양성'으로 정했다. 백화점 입구와 엘리베이터 앞에는 친절 사원 추천 용지와 불친절 사원 고발 용지가 놓였다. 백화점 홈페이지 게시판과 고객센터 전화로도 제보를 받아 한 달에 한 번씩 우수 사원과 벌점 사원이 공고되었다. 우수 사원에게는 포상금이, 벌점 사원에게는 특별 교육 시간이 주어졌다.

나는 미처 정리를 끝내지 못한 매대 위로 부지런히 손을 놀리면서 조회 방송의 내용을 따라 한다. 굳이 선창이 없어도 얼마든지 읊을 수 있다. 휴무일에 거리를 걸을 때에도 이 시각이 되면 조회 방송이 귓가에 들리는 듯 생생했다. 곳곳에서 조회 방송을 따라 하는 목소리가 들려온다. 같은 톤과 같은 속도로 하루를 시작하는 사람들의 목소리가 합창처럼 뒤섞인다.

하나, 나는 고객님을 사랑합니다.

하나, 나는 고객님을 사랑합니다.

하나, 나는 고객님께 최선을 다합니다.

하나, 나는 고객님께 최선을 다합니다.

하나, 나는 고객님을 내 가족처럼 생각합니다.

하나, 나는 고객님을 내 가족처럼 생각합니다.

돌림노래처럼 하나, 나, 고객님이 끊임없이 반복되는 조회 방송. 처음 들었을 때는 속이 더부룩해지는 느낌이었다. 사랑하고, 최선을 다하고, 내 가족처럼 생각하는 것. 그래야만 하는 고객님. 그 문장의 의미들을 곱씹다보면 멀미가 났다. 이제는 너무 많이 불러 저도 모르는 새에 흥얼거리는 노래처럼 여기게 되었지만. 조회 방송을 마치는 음악이 나오는 스피커를 향해 윤이 혀를 쑥 내민다.

웃기시네. 말도 안 되는 소리 하고 있어.

덧붙이는 것도 잊지 않는다. 그러고는 대걸레를 들고 총총히 도구실로 사라진다. 나는 신상품 바코드를 입력하려던 손을 잠시 멈추고 윤의 뒷모습을 눈으로 좇는다.

윤은 친구들과 유럽으로 배낭여행 갈 돈을 모은다고 했다. 삼 개월 단기계약직이라 근무 교육을 받지 않았고, 주로 경과 내가 지시하는 허드렛일을 했다. 재수를 해서 대학에 입학했지만 전공이 적성에 맞지 않아 한 학기를 겨우 마치고 휴학을 했다고, 이제라도 정말 하고 싶은 일이 뭔지 고민하는 여행을 떠날 거라고 했다.

그건 꼭 여행을 가야 알게 되는 거니?

내가 묻자, 윤은 뭘 그렇게 당연한 걸 묻느냐는 듯이 대답했다.

여기서 알 수 있었으면 벌써 알았겠죠.

여행을 가면 거기서는 꼭 알 수 있게 되니?

윤이 어깨를 으쓱 들어올렸다.

가봐야 알죠.

백화점은 지하 오층 지상 팔층짜리 건물이다. 지하 오층부터 지하 삼층까지는 주차장이고, 지하 이층부터 지상 칠층까지 백삼십 개의 매장이 입점해 있다. 지상 팔층과 옥상은 식당가다. 아침 열시에 개점해 저녁 여덟시에 폐점한다. 개점 전 삼십 분 동안 조회 및 교육을 하고 폐점 후 한 시간 동안 마감을 한다. 나는 이층에 입점한 여성 속옷 매장에서 근무한다. 백화점의 정기 휴무일인 격주 월요일과 한 달에 사흘 내가 지정한 날에 쉴 수 있다. 원칙은 그렇다. 다만 점장은 별도 세칙을 만들어 손님이 몰리는 주말과 공휴일엔 쉴 수 없게 했고, 직원들의 휴무는 저마다 최소 이틀의 간격을 둬야 했다.

원래대로라면 어제는 경의 휴무일이었다. 경에게 휴무일을 바꿔달라 부탁을 하고서 나는 내가 졸업한 고등학교에 갔다. 졸업생 선배에게 듣는 실무 경험담. 내 담임이었던 선생님이 연락을 해와 아이들과 두 시간 정도 이야기를 하면 삼십만원의 사례비를 주겠노라 했다. 지난주에는 행정고시에 합격한 졸업생이, 그전에는 경찰이 된 졸업생이 왔다고 했다. 제가 가도 괜찮을까요? 물으면서도 사례비 삼십만원을 받으면 할 수 있는 일들이 떠올랐다.

괜찮지, 괜찮아. 졸업하고 바로 취직해서 근속하고 있으니 얼마나 모범이 되는 선배니. 게다가 네가 일하는 백화점, 대기업이잖아.

내가 고용된 곳은 백화점이 아니라 속옷 판매 회사라는 걸 선생님도 알고 있었다. 면접을 볼 수 있게끔 추천서를 써주었으니까. 이 학생은 성실하고 근면하여 추천합니다. 그렇게 적힌 추천서를 들고 네 군데의 면접을 보았다. 마을금고, 보험사, 건강식품 판매회사, 속옷 판매 회사. 모두 합격 통보를 받았다. 속옷 회사를 고른 건 선생님의 말 때문이었다.

백화점에서 일하게 될 테니 다른 곳보다는 좀 낫지 않겠니. 여유가 있는 사람들을 만날 테니까.

요즘 아이들, 한 달도 못 버티고 학교로 돌아온다. 추천서를 몇 번이나 다시 써줘야 하는지 몰라. 상사한테 대들고 그만두는 아이들 때문에 다른 아이들까지 피해를 입은 적도 많다. 뒤늦게 대학에 가겠다고 공부를 시작하는 애들도 있는데, 졸업할 때 다 돼서 시작하면 그게 되겠니. 그럴 거면 이 학교에 오지 말았어야지. 부지런히 자격증 따고 면접 보고 실습 나가고, 시키는 대로 잘하고 사고 치지 말고 그래야 하는데 말이야.

나는 선생님과 통화를 마치고 경에게 전화를 걸었다. 아버지가 다치셨는데 간호할 사람이 없다고 했다.

경은 고객님의 시착을 돕다가 말실수를 했다. 정확히 무엇이었는지는 알려지지 않았다. 피팅 룸 밖으로 경이 내동댕이쳐졌고, 같은 층에 있던 고객님들과 다른 매장 직원들이 몰려들고 보안 요원이 달려왔지만 고객님은 기어이 쓰러진 경을 발로 걷어차기까지 했다는 것을 나는 인터넷에서 보았다. 학교로 가는 버스에서였다. 무심히 누른 휴대폰 속 포털 사이트의 실시간 검색어에 백화점과 매장 이름이 함께 올라와 있었다. 나는 동영상 속 모자이크된 얼굴이 경이라는 것을 어렵지 않게 알아볼 수 있었다.

어제는 어떻게 된 거야?

도구실에서 나오는 윤에게 물었다. 그동안 백화점에서 크고 작은 일들이 있었지만 이렇게 빨리 처분이 결정된 건 처음이었다.

그냥 해고라고, 그게 다예요. 저도 잘 몰라요.

왜? 맞은 건 경이잖아.

별일 아닐 거라 생각했다. 수당이 깎이거나 특별 교육을 받는 정도일 거라고. 인터넷 댓글 창에는 고객님을 비난하는 글과 경을 안쓰러워하는 글이 몇 개 달렸지만 그뿐이었다. 대출알선이나 음란물 광고조차 달리지 않은 관심 밖 사건은 금세 검색어 순위에서 사라졌고, 텔레비전에 나오거나 SNS에서 떠들썩하게 회자되지도 않았다. 현장에 있던 사람들이 찍어 올린 동영상과 상황을 설명하는 형식적인 기사 또한 홍보실에서 손을 썼는지 금세 지워졌다.

그 고객이 로얄이라나 그렇대요.

로얄. 백화점 회원 중 최상위 등급. 경은 그 고객님에게 어떤 실수를 한 걸까. 내동댕이쳐지고 발길질을 당할 만한 실수를 해버린 걸까. 대체 그럴 만한 실수라는 건 무엇일까. 그런 걸 할 수가 있는 걸까. 경이 정말 그랬던 걸까. 그러면 왜 사과하지 않았을까. 로얄인데. 어쩌자고.

윤이 부러 깜짝 놀란 듯 눈을 크게 뜨고서 입 모양으로 잡담 금지, 하고는 새침한 표정을 짓는다. 옆 매장의 친절 교육이 끝났는지 매니저가 매장으로 들어선다.

반갑습니다.

반갑습니다.

제가 도와드리겠습니다.

제가 도와드리겠습니다.

불편하신 점은 없으십니까.

불편하신 점은 없으십니까.

감사합니다. 또 찾아주십시오.

감사합니다. 또 찾아주십시오.

재킷의 가슴 부분이 벌어지지 않게 한 손으로 가리고 허리를 천천히 숙였다. 허리를 숙이는 각도도, 이가 보이지 않게 입꼬리만 올려 웃는 얼굴도, 공손한 손 모양과 발치를 향한 시선까지 완벽했는데 매니저는 매장을 떠나지 않았다. 나와 윤이 번갈아 의아한 눈빛을 보내자 매니저가 두 손을 아랫배 위로 포개고 허리를 숙였다. 고개가 몸 안쪽으로 깊숙이 숙여졌다.

대단히 죄송합니다. 부디 너그럽게 제 실수를 용서해주십시오.

강당에 모인 아이들은 서른 명 남짓이었다. 이력서와 자기소개서를 쓰는 요령을 알려주고, 면접을 잘 볼 수 있도록 조언을 해주고. 아이들이 묻는 것에 대답을 해주는 것이 내가 해야 할 일이었다. 한 아이가 당장 내일 면접을 보러 가는데 교복을 입고 가는 게 좋을지 정장을 입고 가는 게 좋을지 모르겠다며 어떤 게 더 나으냐고 물었다. 정장을 입되 면접을 보는 곳의 유니폼과 비슷한 느낌으로 입고, 화장은 하지 말라고 했다. 어른처럼 보이려고 하지도 말고, 너무 아이인 것을 티내지도 말라고. 열아홉 살의 여자애는 무슨 말인지 모르겠다는 듯이 눈썹을 찡긋거렸다.

처음 면접을 보러 갔을 때, 나는 학교에서 달달 외운 자기소개 내용을 버튼이 눌린 인형처럼 쏟아냈다.

저의 열정과 노력으로 최선을 다해 회사에 보탬이 되는 인재가 되고 싶습니다.

면접관은 내 얼굴을 쳐다보지도 않고 물었다.

개근했군요. 지각도 없고, 조퇴도 없고, 결석도 없고.

다음 면접에서 나는 내용을 바꿨다.

저의 성실함이 회사에 보탬이 될 것이라고 생각합니다.

그리고 그다음 면접에서도 내용을 조금 바꿨다.

저의 성실함이 회사에 누를 끼치지 않을 것이라고 생각합니다.

윤은 '경고'를 받았다. 끝끝내 매니저를 따라 하지 않았기 때문에. 윤이 먼저 나서서 소동을 벌여준 덕에 나는 '사과 연습'을 하지 않을 수 있었다. 매니저가 가고 난 뒤에 스피커를 통해 윤이 경고를 받았다는 통보가 들려왔다. 직원에 대한 상벌은 항상 스피커를 통해 통보되었다. 다른 직원들에게 경각심을 심어주기 위해서라고 했다. 경의 해고도 이런 식으로 통보되었을까. 로얄 고객님은 점장의 부축을 받으며, 경은 보안 요원에게 팔을 붙들린 채 점장실로 갔다고 했다. 그리고 경은 매장으로 다시 돌아오지 못했다.

대충 시늉이라도 하지.

내 말에 윤이 눈을 동그랗게 뜨고 나를 쳐다봤다. 말도 안 돼요, 그렇게 말하는 것 같았다. 윤은 근무 일지에 제 이름을 적고 '경고'라 덧붙였다. 나에게 무언가 말하고 싶은 눈치였으나 개점을 알리는 종소리가 들려왔다. 개점 후 오 분 동안은 매장 입구에 서서 입장하는 고객님에게 인사를 해야 했다. 윤이 앞서 매장 입구로 나갔다. 나는 어색하게 뒤를 따랐다. 윤이 나를 향해 몸을 돌리지 않은 채 말했다.

언니, 정말 그래야 한다고 생각해요?

나는 윤의 꼿꼿한 등을 본다. 근무시간에는 선배님이라 불러야 한다고 매번 혼을 냈으나 윤은 나를 언니라고 불렀다. 경은 매니저에게 걸리지만 않으면 괜찮지 않냐고 했다.

귀엽잖아. 너도 날 언니라고 불러.

괜찮아요, 선배님.

그때 경은 조금 서운해한 것도 같다. 윤은 지금 무슨 생각을 하고 있을까.

어서 오십시오.

어서 오십시오.

일층 입구에서부터 인사가 시작된다. 첫번째 고객님은 매일 같은 사람이다. 목에는 목걸이, 귀에는 귀걸이, 팔과 손에는 팔찌며 반지를 빼곡하게 끼고 선글라스를 쓴 여자. 여자는 정문으로 들어와 일층의 모든 매장을 딱 한 번씩만 거치고 후문으로 나가는 동선을 알고 있다. 식후의 산책처럼, 당연한 걸음으로 매장 사이를 오간다. 제 식구 챙기듯 살뜰히 살피며 인사를 챙겨 받고는 유유히 빠져나간다. 여자는 한 번도 백화점에서 물건을 산 적이 없다. 구매 이력이 없는 고객, 제로다. 그중에서도 특정한 행동을 반복하는 요주의 인물, 블랙 제로.

블랙 제로에 대한 소문은 무성하다. 식품매장의 직원이었는데 유통기한이 지나지 않은 식품들을 유통기한이 지나 폐기한 것처럼 속이고 빼돌리다가 발각되어 잘렸다는 말도 있고, 엘리베이터 안내원이었다가 나이가 들어 밀려났다는 말도 있고, 화장실 청소를 담당하는 직원이었다가 용역업체에 하청을 주게 되면서 계약이 연장되지 않았다는 말도 있었다. 어쨌거나 이전에 백화점에 있였던 사람이 아니겠느냐는 게 소문들의 공통점이었다.

어떻게 생각해?

경이 나에게 물은 적이 있다. 일층 매장 직원들이 도미노처럼 차례로 블랙 제로 앞에 허리를 숙였다. 이층 매장 직원들은 매니저 몰래 매장 밖으로 나와 그 모습을 구경했다. 백화점의 이층부터는 중앙 부분이 뚫린 도넛 같은 형태로, 어느 층에서나 일층을 내려다볼 수 있었다.

뭘요?

그 소문들. 뭐가 진짜일까?

글쎄, 다시 돌아오고 싶을까요.

그냥 블랙 제로도 다른 사람들하고 똑같은 거 아녜요? 백화점에 오는 사람들이 다 똑같죠. 자기한테 필요한 거 찾으러, 그거 구하러 오는 거잖아요.

불쑥 끼어든 윤의 말에 경은 네 말이 맞는다며 고개를 끄덕였고 나는 윤에게 유니폼을 입고 있는 동안에는 '고객님'이라고 표현해야 한다고 훈계했다. 윤은 아랑곳하지 않고 블랙 제로를 손가락질했다.

블랙 제로 고객님은 인사 받으러, 나는 돈 벌러.

블랙 제로가 후문을 빠져나가자 기다렸다는 듯 스피커에서 클래식 음악이 흘러나왔다. 선착순 특가 이벤트를 하는 것이 아니고서야 개점시간부터 손님이 몰려오는 일은 없었다. 직원들은 저마다의 매장 안쪽으로 들어가고, 고객님의 마음이 너무 조급해지지도 너무 느긋해지지도 않게끔 적당한 리듬을 유지하는 음악이 백화점을 가득 메웠다.

여긴 어쩌면 태교에 좋은 공간일지도 몰라. 좋은 음식과 밝은 조명이 있고 사람들은 친절하게 말을 걸잖아. 들여다보고 만지고 걸쳐보고 있으면 이 모든 물건이 다 내 것처럼 느껴지기도 하니까. 한마디로, 풍요롭달까.

고작 다섯 평짜리 매장을 하루종일 쓸고 닦는 풍요. 수백 번씩 낯모르는 사람들에게 안부를 묻는 풍요. 친절의 풍요. 나는 경의 얼굴을 보며 속으로 중얼거렸다. 풍요의 풍요.

일할 수 있는 게 얼마나 다행이니.

경이 그렇게 말하자 윤은 고개를 설레설레 흔들며 이해할 수 없다고 했다.

이해할 수 없니?

경이 웃었다. 서른의 경과 스물하나인 윤과 스물넷의 내가 잠깐 침묵 속에 있었다. 경이 보기에 나와 윤은 비슷한 얼굴을 하고 있었을 것이다.

나는 입장 인사 시간이 다 끝난 뒤에도 매장 입구에 우두커니 서 있는 윤의 등에 대고 속으로 물었다. 넌, 이해할 수 없니? 윤이 훌쩍 탈의실로 향한다. 그리고 곧 가방을 챙겨 매장으로 온다. 여전히 경의 유니폼을 입은 채다.

언니, 어제 왜 갑자기 휴무 바꿨어요?

나는 대답하지 못한다. 윤은 내 말을 들을 생각이 없었다는 듯이 그대로 매장을 떠난다. 나는 윤이 이대로 다시는 돌아오지 않을 거라는 걸 안다. 이대로 가면 이번달 월급을 다 받기는 어려울 거라는 협박도, '경고' 같은 건 친절 교육 한 시간이면 해결될 거라는 위로도 모두 어설픈 것이라 하지 않는다. 해도 소용없을 거라는 것도 안다.

내가 출근했더라면, 그랬더라면 로얄 고객님에게 수모를 당하고 해고된 것은 나였을까. 어쩌면 나는 고객님의 기분을 거스르지 않았을지도 모른다. 혹 모진 소리를 듣더라도 눈을 질끈 감고 곧장 고개를 숙일 수 있었을지도 모른다. 나는 지난주에 친절 사원 특별 교육을 받았다. 강사로부터 칭찬도 받고 친절 사원 배지를 달았다. 그러니 나는 괜찮았을지도 모른다. 그랬을까. 어쩌면.

근무 일지를 펼친다. '경고'를 적어넣은 윤의 동글동글한 글씨가 보인다. 나는 그 옆에 '무단 퇴근'이라 덧붙인다. 내 머리 위에서는 CCTV가 돌아가고 있다.

점심시간까지 고객님은 한 명도 매장 안으로 들어오지 않았다. 통로 쪽에 내놓은 매대에도 흘깃 눈길만 던질 뿐 멈춰 서는 고객님이 없었다. 에스컬레이터 옆쪽으로 다른 회사의 속옷 매장이 입점한 뒤로 매상이 뚝 떨어졌다. 본사에서 백화점에 항의 공문을 보냈지만 선의의 경쟁을 하라는 답변만 돌아왔다. 매니저는 공문만 보내면 쓰나, 했다. 매상에 따라붙는 성과급이 사라지자 기본급뿐인 월급명세서의 숫자는 단출했다. 새로 입점한 매장은 갖가지 이름을 붙여 이벤트를 진행했고 사은품도 후하게 증정했다.

본사에서는 이벤트를 진행하거나 사은품을 뿌리는 것은 손해라고 판단했다. 그렇다고 매출이 떨어지는 것을 가만히 두고 볼 리도 없었다. 고객 명단이 내려왔다. 고객님들에게 일일이 전화를 걸어 신상품에 대한 정보를 설명하거나 세일 일정을 알리라고 했다. 고객님의 생일에는 축하 메시지도 보내고, 날씨가 맑다느니 꽃이 피었다느니 하며 안부를 물으라고 했다. 다른 지점에서 꽤 효과를 본 방법이라고 했다.

경도 윤도 없으니 교대해줄 사람이 없어 점심도 먹지 못한 채 전화를 걸었다. 대부분의 통화는 십 초를 넘기지 못했다. 내가 미처 말을 꺼내기도 전에 고객님들은 바쁘다며 전화를 끊었다. 제일 길게 했던 통화에서도 고작 백화점 이름과 매장 이름까지만 말할 수 있었다. 사람들은 너무 바쁘고 세상에는 중요한 전화가 많았다. 옆 매장에서 가방을 파는 직원이 나에게 왜 식사를 하러 가지 않느냐고 물었다. 나는 경은 해고되었고 윤은 무단 퇴근을 해서 교대해줄 사람이 없다고, 게다가 오전 중에 세일 안내 전화를 해야 할 고객님이 절반도 넘게 남아 있다고 구구절절 설명하는 대신 그저 웃어 보였다. 직원은 나에게 마주 웃어주고는 직원용 비상계단 문을 열었다. 뒤따라 의류 매장 직원과 구두 매장 직원이 매니저와 함께 지하로 내려갔다.

가방 매장에서는 지하 이층 구내식당에서 밥을 먹을 수 있는 식권이 지급된다. 매니저들과 보안 요원들이 식사를 하는 직원용 구내식당은 의류 매장이나 구두 매장처럼 식권을 별도 구매한 매장의 직원들도 이용할 수 있다. 세 가지 밑반찬과 요리 하나, 국과 밥이 나오는 구내식당의 식권은 삼천팔백원. 교대를 해줄 사람이 있다고 해도 나는 구내식당에 가지 못한다. 내가 일하는 매장은 식권을 지급하지 않는다. 게다가 점심시간은 교대로 이십 분이다. 기껏해야 식품매장에서 타임 세일을 하는 빵을 사다가 탈의실 구석에서 급하게 씹어 삼키기에도 빠듯한 시간이다.

매니저가 자리를 비우자 곳곳에서 긴장이 풀린 직원들의 한숨 소리가 들려온다. 대로 맞은편에 주상복합 쇼핑 타운이 들어선 이후 이 낡은 백화점은 서서히 매출이 떨어졌다. 극장과 할인 마트, 어린이 테마파크와 함께 쇼핑 타운에 들어선 경쟁 백화점으로 매출이 높은 매장들이 옮겨갔다. 매출이 떨어질수록 매니저들은 혹독하게 매장 직원들을 몰아세웠다. 가방 매장 직원이 자기 카드로 신상품을 결제하는 것을 몇 번 보았다. 구두 매장 직원은 매달 가족들의 구두를 맞췄다. 내가 신고 있는 구두도 구두 매장 직원이 할인가에 주겠다며 제발 하나만 팔아달라고 사정하여 구입한 것이다. 그가 정가와 할인가의 차액을 제 돈으로 메우는 걸 나는 알고 있었다. 구두를 벗고 맨발로 섰다. 막상 죄고 있는 것이 사라지니 발이 저려왔다. 카운터에 비스듬히 기댄 채 수화기를 들었다. 한쪽 팔로 턱을 괸 내 자세를 매니저가 보았다면 분명 '주의'를 주었으리라.

수신거부 메시지를 끝으로 오전에 할당된 명단이 끝났다. 엉거주춤 무릎을 굽힌 채 카운터에 등을 기대고 다리를 주물렀다. 이동식 매대와 마네킹 덕에 매장 밖에서는 내 모습이 보이지 않을 것이다. 경이 찾아낸 자세였다. 미관상 좋지 않다며 매장의 직원용 의자를 전부 치워버린 탓에 잠시 앉아 쉴 곳도 없었다.

느긋한 걸음걸이로 매장을 스쳐지나가는 고객님들의 다리가 보였다. 백화점에 자주 오는 고객님들은 망설이거나 두리번거리지 않았다. 자신이 원하는 매장으로 가 원하는 제품을 구입했다. 다른 매장에 던지는 눈길은 의미 없는 것이었다. 특별 이벤트나 타임 세일을 한다고 소리 높여 외쳐야만 그런 고객님들을 돌아보게 할 수 있었다. 백화점에선 고객님들을 붙잡는 호객행위를 하지 말라고 했지만 본사는 틈만 나면 닦달을 했다.

기다리기만 하면 뭐가 달라져? 매니저 눈에 안 띄게 눈치껏 잘하란 말이야, 눈치껏.

다시 구두를 신고 일어섰다. 에스컬레이터로 막 이층에 올라온 고객님이 보인다. 분명 백화점을 처음 찾은 고객님일 것이다. 에스컬레이터 옆에 놓인 층별 매장 안내도를 보고 있다. 아마 저 고객님은 층을 한 바퀴 다 돌아보고 난 뒤에도 원하는 물건을 쉽게 찾지 못할 것이다. 두 바퀴, 세 바퀴째도 마찬가지일지 모른다. 백화점 전 층을 둘러보아도 그러하리라. 그러다 무심코 발을 들여놓은 어느 매장의 직원에게 손목을 붙들리고, 동선을 잘 파악하지 못해 다른 고객님들과 부딪히고, 세일 매대를 한참 뒤적이다가 실망하기도 하면서 헤매게 될 것이다. 자신이 원하는 것이 무엇인지 정확히 알지 못하기 때문에. 나는 저런 고객님들에게 말을 걸어야 한다. 눈치껏, 잘.

식사를 마치고 온 가방 매장 직원에게 매장을 부탁했다. 배가 너무 고파서 그러니, 딱 이십 분만 봐달라고. 탈의실로 가 사물함을 열고 가방을 꺼낸다. 가방 안에는 흰 봉투가 있다. 삼십만원. 내가 받은 '친절 교육'을 아이들에게 전하고 받은 돈. 그중에 만원을 꺼낸다. 친절 교육은 백화점의 휴무일에 진행되었다. 문을 걸어 잠근 백화점에서 고객님 대신 강사에게 인사를 하고 신제품을 소개했다.

정말 잘하시네요. 좋아요. 아주 좋아요.

경은 고객님에게 적극적으로 상품을 소개하지 않아서, 윤은 복장과 태도 불량으로 감점을 받았다. 좀더 허리를 굽히고, 좀더 상냥하게. 나는 아이들의 허리가 더 깊이 숙여지도록 등을 손으로 눌렀다. 다리를 가지런히 모으게 하고, 몇 번이나 '안녕하십니까'

를 외치게 했다. 찾기 전에 먼저 달려가라고, 묻기 전에 앞서 대답하라고. 눈치껏 말이야, 눈치껏. 그렇게 말했다. 친절 사원 배지에 그려진 토끼 마스코트처럼, 웃으라고 가르쳤다.

직원용 비상계단은 어두웠다. 중간중간 녹색으로 빛나는 비상구 표지등이 빛의 전부였다. 더듬거리며 아래로, 아래로 내려갔다. 구내식당에는 식판을 식탁에 내려놓자마자 허겁지겁 입안으로 음식을 밀어넣는 사람들이 가득했다. 멀리서 보면 다 똑같은 속도로 팔을 움직이는 것 같았다. 다들 식판에 시선을 고정한 채, 어서 빨리 해치워야 할 과제인 것처럼 밥을 먹었다. 그 사람들 틈에서 나는 영을 알아보았다.

안녕.

영의 맞은편에 식판을 내려놓았다. 영은 힐끔 고개를 들어 나를 보았다. 숟가락을 멈추지 않았다. 영은 나와 고등학교 동창으로 고객센터에서 전화상담원으로 일하고 있었다. 고등학교 시절 방송부 아나운서였던 영은 만화 주인공 같은 명랑한 목소리로 '오늘의 우리 학교 소식' 같은 걸 방송했는데, 백화점에서 다시 만난 영은 그 영이 맞는가 싶을 정도로 기운 없는 목소리를 하고 있었다. 나는 입안에 밥을 밀어넣는 영의 정수리를 보다가 문득 영이 울고 있는 것 같다고 생각했다.

이상한 일이 있었어.

전화를 받으면 다짜고짜 음담패설을 하거나 사주 풀이를 하는 사람들이 있다고 했다. 다른 백화점에서 구매한 물건에 대해 항의를 하거나 어느 매장 직원의 이름을 대며 연락처를 알려달라고 하기도 한다고 했다. 나는 또 그런 사람이 있었나 싶어 영의 다음 말을 기다렸다. 자기가 입고 온 속옷을 피팅 룸에 벗어두고 새 속옷을 입고 가버리는 손님과 이미 실컷 입은 속옷을 세탁도 하지 않고 환불해달라고 하는 손님에 대한 이야기를 해줘야지 생각했다.

자꾸 감사하다고 하는 거야.

응?

나한테 감사하다고.

뭐가?

친절하게 잘 설명해줘서 자기가 궁금했던 게 다 풀렸다고, 너무 감사하다고 하는 거야. 그런데 그러면 안 되거든. 내가 감사하다고 해야 하거든. 내가 먼저 전화를 끊어도 안 되고 전화를 건 쪽에서 끊어야 하는데, 내가 감사합니다, 행복한 하루 되세요, 하면 또 그쪽에서도 네, 감사합니다, 하는 거야. 그렇게 계속 서로 감사합니다, 감사합니다, 하다가 막 웃더니 전화를 끊었어. 그때부터 계속 기분이 이상해.

그렇구나.

나는 밥알을 뒤적였다. 겉이 조금 마른 흰쌀밥 한 공기와 묽은 된장국, 배추김치와 멸치볶음과 시금치무침, 구운 삼치 한 토막. 메뉴를 외울 듯이 식판을 들여다보는데, 영이 자리에서 일어섰다.

영의 식판은 깨끗했다.

우린 점심시간 십오 분이거든. 변명처럼 말하고는 흘리듯 덧붙였다.

그 언니는 괜찮대? 임신했다더니.

경을 선배라고 부르는 사람은 나뿐인가보다. 그런 생각이 먼저 들었다. 나는 경의 배를 기억해보려고 했지만 딱히 떠오르지 않는 걸 보니 아직 부풀어오르진 않은 모양이었다. 아마 경은 숨길 수 있을 때까지 임신 사실을 숨겼을 것이다. 임신을 하면 사직서를 내는 것이 암묵적인 규정이었다. 만삭이 되어도, 출산을 해도 정해진 휴무일 외에 추가로 휴가를 낼 수는 없으니 시기의 문제일 뿐 결국 사직서를 쓰게 되어 있었다. 나는 허겁지겁 식판을 비웠다.

마감 시각이 가까워오는데 매상은 바닥이다. 이제 이층까지 올라오는 고객님은 없을 것이다. 나는 카운터 안쪽에 쭈그려앉아 오늘 판매된 상품들의 내역을 본다. 본사에서는 월말 점검을 할 때마다 직원별로 실적을 들먹이며 압박했다. 하지만 이번달엔 경이 없다. 윤도 없다. 나뿐이다. 비교할 대상이 없으니 본사에서는 나를 다그치지 못할 것이다. 그런 생각을 하자 기분이 이상했다. 안심되는 듯도 하고 아주 쓸쓸해지기도 했다.

나는 깜짝 놀라 자리에서 일어섰다. 매장 안으로 고객님이 들어오고 있었다. 그것도 아주 자주 보는 고객님.

어서 오세요. 찾으시는 물건 있으세요?

블랙 제로는 나에게 대꾸하지 않은 채 매장에 진열된 상품들을 하나하나 들춰보기 시작했다. 일층 야외 매대에서 액세서리를 판매하는 직원이 어느새 블랙 제로를 따라 매장 안에 들어와 손바닥이 아닌 손등끼리 맞대는 박수를 쳤다. '위험'을 알리는 수신호였다. 오래 자리를 비워둘 수 없는 액세서리 직원이 종종걸음으로 매장을 빠져나갔다. 블랙 제로의 손에는 액세서리 매대에서 사용하는 작은 사이즈의 백화점 쇼핑백이 들려 있었다. 블랙 제로가 물건을 사다니, 이제 더이상 블랙 제로라고 부를 수 없었다. 고객님이었다.

고객님이 진열되어 있는 상품 중 하나를 가리켰다.

네, 고객님. 이번달에 새로 출시된 신상품이세요.

그 상품은 지난달에 매장에서 가장 많이 판매된 상품이세요. 다른 색상도 준비되어 있으신데 보여드릴까요?

고객님, 그 상품은 죄송하게도 진열상품밖에는 재고가 남아 있지 않으신데 괜찮으실까요?

물론 착용해보실 수 있으세요. 지금 준비해드리겠습니다.

과장된 존댓말과 말꼬리를 내리는 말투는 매장 채용시에 하루 여덟 시간씩 사흘간 교육을 받으며 익히게 되어 있었다. 만약을 대비해 미리 몸을 낮추는 것이 위험을 줄이는 방법이라고 매니저는 말했다. 하지만 그 만약이라는 것은 상상보다 범위가 넓어서 대비하지 못한 만약이 생기는 것도 어쩔 수 없었다. 윤은 물건을 높이는 건 말도 안 된다며 정확한 맞춤법을 썼다가 뺨을 맞을 뻔했다. 경은 교육받은 말투로 고객을 응대했지만 말투가 가식적이어서 기분이 나쁘다며 불친절 카드를 받았다. 사람 앞에서 물건을 높이는 게 불쾌하다고 항의를 하는 고객님도 있었다. 하지만 그렇게 세심하게 문제를 제기하는 고객님보다는 무턱대고 언성을 높이는 고객님을 상대하는 것이 더 피곤한 일이었으므로, '말투 교육'은 점점 더 디테일하게 진행되었다.

피팅 룸에 들어간 고객님이 문을 살짝 열고 틈으로 손짓했다. 고객님의 제품 착용을 돕는 것은 직원의 당연한 업무였으나 지금 매장 안에는 나 외에 다른 직원이 없었다. 이럴 때의 행동 지침은 규정에 나와 있지 않았다. 애초에 매장에 직원이 한 명만 있는 상황 같은 건 용납되지 않았다. 게다가 저 고객님은 블랙 제로였다. 조금 전 손등 박수의 수신호가 마음에 걸려 나는 머뭇거렸다. 하지만 아주 잠깐이었다. 정말 아주 잠깐이었는데, 피팅 룸 문이 벌컥 열렸고, 반라의 고객님, 아니 블랙 제로가 비명을 지르며 뛰쳐나왔다. 나는 바닥에 밀쳐졌다.

보안 요원이 나를 일으켜세웠다. 블랙 제로는 여전히 상반신에 아무것도 입지 않은 채 무어라고 계속 소리를 질러댔다. 나는 밀쳐진 뒤에 발에 걸어차이기까지 했던 모양이다. 정신이 없고 온몸이 쑤셨다. 어느새 나는 매장 바깥까지 밀려나와 있었다. 매니저가 커다란 타월을 들고 달려와 재빨리 블랙 제로의 몸을 감쌌다.

매니저가 내 옆에 다가와 섰다. 보안 요원들이 블랙 제로를 부축해 나와 마주볼 수 있게 몸을 돌려주었다. 나는 이제 내가 무엇을 해야 하는지 안다. 그래야만 한다는 것도 안다. 그런데 입이 떨어지지 않았다. 매니저가 팔꿈치로 내 옆구리를 쿡 찔렀다. 어서 시작하라고, 지금이라고. 주변에는 고객님들과 다른 매장 직원들이 흥미진진한 표정으로 둘러서 있었다. 몇몇은 휴대폰을 치켜든 채였다. 동영상이나 사진을 찍고 있겠지. 영상통화로 누군가에게 이 모습을 보여주고 있을지도 모른다. 경이 그랬듯, 나도 포털 사이트에 오르게 될까. 내가 계속 망설이자 매니저가 먼저 입을 뗐다.

대단히 죄송합니다, 고객님. 부디 너그럽게 저희 실수를 용서해주십시오.

경도 이런 사과를 해야 했을까. 점장실로 끌려가는 경의 모습을 떠올려본다. 언니, 정말 그래야 한다고 생각해요? 나에게 묻던 윤의 꼿꼿한 등도 생각난다.

선배님, 일은 할 만하세요?

마지막으로 질문을 하나만 더 받고 이 자리를 마치겠다는 선생님의 말에 한 아이가 손을 번쩍 들고 그렇게 물었다. 아이들이 까르르 웃을 줄 알았는데, 다들 눈빛이 진지했다. 내가 뭐라고 대답했더라. 매니저가 재차 말했다.

대단히 죄송합니다, 고객님. 부디 너그럽게 저희 실수를 용서해주십시오.

나는 윤에게 했던 말을 나 자신에게 해주었다. 대충 시늉이라도 하지. 그래, 그러면 돼. 매니저가 이번이 마지막이라는 듯, 내 눈을 똑바로 바라보며 다시 입을 열었다. 정말 그래야 한다고 생각해요? 정말? 윤의 목소리가 사라지지 않았다. 나는 아이들에게 뭐라고 말했더라.

대단히 죄송합니다, 고객님.

대단히 죄송합니다, 고객님.

부디 너그럽게 저희 실수를 용서해주십시오.

부디 너그럽게 저희 실수를 용서해주십시오.

블랙 제로가 울음을 터뜨렸다.

퇴근할 때까지 나의 '경고'를 통보하는 방송은 나오지 않았다. 나는 안도했다. 블랙 제로는 보안 요원들과 함께 엘리베이터를 탔다. 어디로 갔을까. 블랙 제로는 로얄이 아니니 점장실로 가지 못했을 것이다. 내일 개점시간에도 블랙 제로가 나타날까. 몇몇 직원들이 내기를 했다.

폐점을 알리는 음악이 나왔다. 고객님들이 전부 빠져나갔음을 확인하는 보안 요원의 수신호에 맞춰 가장 외부의 장식 조명부터 내부의 홀 조명까지 차례로 소등되었다. 카운터에 달린 작은 전구에 의지해 마감을 했다. 내일부터는 세일 행사가 시작된다. 그 준비를 하느라 평소보다 마감이 오래 걸렸다. 다른 매장 직원들도 행사 준비를 하느라 바쁜 모양이었다. 뻐근한 목을 젖혀 천장을 보니 여러 매장의 조명들이 반사되어 밤바다 위의 오징어 등처럼 빛나고 있었다.

지친 직원들은 바닥에 설치된 비상 대피 안내등의 희미한 빛에 의지해 움직였다. 음악도 조명도 인사를 건네는 직원도 없지만 유니폼을 벗은 직원들은 마치 백화점을 찾은 고객님들처럼 보였다. 저마다 같은 매장에서 일하는 직원들끼리 조용히 수다를 나누며 걸었다. 나는 묵묵히 그들의 뒤를 따라 발치를 살피며 걸었다. 윤은 정말 내일도 출근하지 않을 셈일까. 이대로 월급을 받지 못하게 되면 배낭여행은 어쩌려고. 경은 어떻게 되었을까. 어쩌면 내일 개점시간에 블랙 제로 대신에 경이 나타나는 건 아닐까.

쪽문으로 빠져나와 올려다본 백화점 건물은 몸을 웅크린 거대한 짐승의 지친 등처럼 보였다. 외벽에는 세일 행사를 알리는 현수막이 설치되어 있었다. 직원들은 진저리를 치며 그 현수막을 흘겨보고는 저마다의 집을 향해 흩어졌다. 경에게 전화를 걸어볼까. 윤에게 문자메시지라도 보내볼까. 휴대폰을 찾으려고 보니 가방이 없었다. 나는 아직 유니폼을 입고 있었다.

문을 밀어보았다. 당연하게도 열리지 않았다.

개
다섯
마리의
밤

사람들은 들떠 있었다. 대화를 나누기는커녕 숨소리를 크게 내
는 사람조차 없어 버스 안은 조용했지만, 지유는 버스에 오르는
순간 모두가 상기되어 있다는 것을 알 수 있었다. 창밖도 시계도
보지 않는 사람들. 조바심을 내지도 초조해 보이지도 않는 사람
들. 멈춰 있는 버스 안에서도 벌써 저멀리로 달려가고 있는 사람
들. 지유는 그 사람들 사이를 지나 버스의 맨 뒷자리까지 갔다. 마
흔다섯 개의 좌석 중 빈자리는 없었다.

통로에서 서성이는 지유를 보고 밖에서 담배를 피우던 운전기
사가 버스 안으로 들어왔다. 그는 이미 피로해 보였다. 지유는 그
의 구겨진 셔츠와 뻗친 뒷머리를 보았다. 늦은 오후에 출발해서

새벽에 도착하는 밤길 운전은 출발도 하기 전에 그를 지치게 했다. 그에게 이 버스 안의 사람들은 어떻게 보일까.

운전기사는 지유를 한 번 보고 버스 안을 훑어보았다. 그리고 다시 지유를 보았다. 지유와 그의 시선이 잠깐 엇갈렸다. 그는 짧은 한숨을 쉬고 운전석 뒤쪽의 두 자리를 차지한 채 쌓여 있는 상자들을 통로 쪽 자리로 몰아주었다. 지유는 상자가 쌓인 옆자리, 창가 쪽에 몸을 끼워넣듯이 앉았다. 상자에서는 식은 기름 냄새가 났다. 음식이 들어 있는 모양이었다. 앞바퀴의 윗자리라 바닥에는 약간의 턱이 있었다. 무릎을 세워 앉으니 발목에 힘이 들어갔다. 지유는 멀미를 하지 않는 체질이라 다행이라고 생각했다.

의자에 최대한 깊숙이 몸을 기대고 눈을 감았다. 앞에는 운전석, 왼쪽엔 커튼이 쳐진 창, 오른쪽엔 켜켜이 쌓인 상자. 사방이 단단했다. 지유는 슬쩍 커튼을 열어 밖을 보았다. 아직 해가 지지 않았다. 길어진 여름해가 느리게 기울어 주변이 어두워지기 시작하면 버스가 출발할 것이다. 시동이 걸려 있어 미세하게 진동이 느껴졌다. 몸을 조금씩 웅크리자 어느 순간 등이 의자에 꼭 들어맞았다. 오목한 그릇에 담긴 갓 지은 밥처럼, 아늑한 느낌이었다. 잠이 왔다.

지유가 잠에서 깼을 때, 버스는 휴게소에 멈춰 있었다. 간이화장실과 주유소, 잡화점이 전부인 작은 휴게소가 창밖으로 보였다.

간판 불이 모두 꺼져 있어 을씨년스러웠다. 지유는 문득 폐허가 된 마을이 배경인 영화의 한 장면을 떠올렸다. 그 영화를 보면서 사람이 만든 공간은 사람이 없으면 얼마나 쓸쓸해지는지에 대해 생각했었다. 산이나 바다는 저 혼자서도 푸른데 왜 도시는 천천히 퇴색하는지.

드실래요?

지유의 앞으로 불쑥 손이 나타났다. 젊은 남자가 지유에게 햄버거와 콜라를 내밀고 있었다.

괜찮아요.

남자는 지유의 옆에 쌓인 상자를 열어 그 속의 햄버거를 버스 안 사람들에게 나눠주고 있었다. 그 아래 상자에는 콜라가, 또 그 아래 상자에는 크림빵이 들어 있었다.

빵도 있어요.

괜찮아요.

배고프지 않으세요?

혹시 물 있나요?

남자가 통로 건너편 자리에 쌓여 있는 상자들을 헤집어 생수병을 찾아냈다. 상자들 사이로 지유의 자리처럼 겨우 한 사람이 끼어 앉을 수 있는 자리가 보였다. 그 자리가 남자의 자리라는 걸 지유는 묻지 않아도 알 수 있었다.

고마워요.

햄버거와 콜라를 받은 사람들이 차례차례 버스 밖으로 나갔다. 지유도 사람들을 따라 밖으로 나갔다. 사람들은 주차장 바닥에 아무렇게나 주저앉아 햄버거를 먹기 시작했다. 어쩐지 그 풍경이 피난을 떠나는 행렬의 모습처럼 느껴졌다. 하지만 그들의 표정에는 비참함보다는 비장함이 서려 있어 마치 고행의 길을 가는 수도자들처럼 보이기도 했다.

주차장에는 지유와 사람들이 타고 온 버스뿐이었다. 사람들은 저마다 버스를 볼 수 있는 위치와 거리를 유지하며 조금씩 떨어져 앉아 있었다. 지유도 적당한 자리를 찾아 바닥에 앉았다. 운전기사가 버스 옆에 길게 누워 있었다. 잠깐이라도 온몸을 곧게 펴고 싶은 그의 마음을 지유는 알 것도 같았다. 버스에서 내내 굽히고 있던 무릎을 펴자 종아리가 저릿저릿했다.

남자는 사람들 사이를 오가며 햄버거를 더 가져다주기도 하고 말을 걸기도 하면서 바쁘게 움직였다. 이 버스를 인솔하는 사람인 듯했다. 남자는 따로 떨어져 앉은 사람들을 천천히 한곳으로 모았다. 남자를 따라 모인 사람들은 버스 앞쪽으로 둥근 대형을 만들며 앉았다. 지유는 남자가 자신을 향해 걸어오는 것을 보았다. 떨어져 앉은 사람은 어느새 지유뿐이었다.

오늘 처음 오셨어요?

네.

불편한 자리에 앉으셔서 고생하셨네요.

괜찮아요.

남자는 더이상 별다른 말을 하지 않았다. 그저 무릎을 조금 굽혀 몸을 지유에게로 살짝 기울인 채 지유를 바라보며 서 있을 뿐이었다. 지유는 문득 자신의 짧은 소매 아래로 드러난 팔에 소름이 돋는 것을 느꼈다. 절로 몸이 움츠러들었다.

밤에는 제법 쌀쌀하죠?

네.

갈까요?

남자가 사람들에게 말했다. 두 시간 뒤에 목적지에 도착할 거라고. 그곳 상황은 별로 좋지 않다고. 사람들은 고개를 끄덕이거나 작게 대답했다. 이미 알고 있는 것을 다시 확인받는 덤덤함이 느껴졌다. 지유는 남자가 알려주는 것들을 잊지 않기 위해 주의를 기울이고 있는 사람은 자신뿐이라는 걸 깨달았다.

함께해주셔서 감사합니다.

남자가 고개를 숙이자 모두가 조용히 박수를 쳤다. 남자는 머쓱한지 헛기침을 하며 햄버거 포장지와 빈 캔을 걷으러 다녔다. 햄버거 포장지에는 웃는 이모티콘과 함께 응원의 메시지가, 콜라 캔에는 어느 단체의 마크인 듯한 스티커가 붙어 있었다.

사람들은 조심스럽게 자신의 옆 사람과 이야기를 시작했다. 마치 당연한 수순인 것처럼 대화가 시작되어서 지유도 양옆의 사람들과 몇 마디 말을 주고받았다.

처음 오셨나봐요.

네.

생각보다 힘들죠?

괜찮아요.

지유는 자신에게 말을 걸어오는 사람마다 처음 오셨느냐고 묻는 것이 의아하고 신기했다. 어떻게 알았을까. 지유는 주의깊게 주변을 살폈다. 다른 사람들은 그렇게 첫마디를 시작하지 않았다. 햄버거 드셨어요? 오늘은 차가 덜 막혀서 좋네요. 버스가 좀 덜덜거린 것 같지 않아요? 사소한 이야깃거리로 공감을 나누고, 그 속에서 동질감을 확인하는 대화들. 지유는 그런 대화를 하는 사람들이 모두 비슷한 표정과 목소리를 가졌다는 생각이 들었다.

문득 저들끼리만 통하는 무슨 암호가 있는 건 아닐까, 반드시 갖춰야 할 표지가 있는 건 아닐까, 그런 생각도 들었다. 그것을 갖추지 않은 자신에게 혹시 적대적으로 대하지는 않을까. 거기까지 생각이 미치자 지유는 덜컥 겁이 났다. 둥근 대형은 어느 순간 흐트러지고 사람들은 저들끼리 삼삼오오 모여 앉아 대화하고 있었다. 사람들은 더이상 지유에게 말을 걸지 않았다. 지유는 멍하니 버스를 바라보았다.

불편하지 않겠어요?

인솔자 남자가 지유의 옆에 앉으며 물었다.

네?

발이 아플 텐데.

남자가 지유의 신발을 가리켰다. 얇은 끈이 발을 감싸는 낮은 굽의 샌들이었다. 지유는 비로소 알 수 있었다. 왜 자신이 저들의 유순한 대화에 쉽게 끼지 못하는지.

사람들은 모두 비슷한 차림새였다. 헐렁한 티셔츠와 긴바지, 운동화, 등에 바짝 붙는 배낭. 밤을 보내기 위한 준비가 된 복장이었다. 지유 자신만 짧은 소매의 블라우스와 반바지를 입고 있었다. 버스에 두고 내린 가방이 떠올랐다. 지갑과 휴대폰만이 들어 있는 작은 가죽가방.

괜찮아요.

이제 와 별다른 수도 없었다. 지금까지 괜찮다는 말을 몇 번이나 했는지. 이제는 정말 괜찮아야 할 수밖에 없었다.

오늘밤은 아주 길 거예요.

남자가 하늘을 올려다보며 말했다. 남자의 신발은 등산화였다. 지유는 생각했다. 햄버거를 그냥 먹었어야 했나.

남자가 하늘을 향해 젖혔던 고개를 천천히 내려 지유와 눈을 맞추었다.

어떻게 오셨어요?

버스가 다시 출발했다. 옆자리의 상자가 다 치워져서 룸미러를
통해 버스 안을 볼 수 있었다. 사람들은 목소리를 낮춰 옆 사람과
이야기를 했다. 정해진 규칙이라도 있는 것처럼 모두가 일정한 크
기의 목소리로 말하고 있어서 얼핏 하나의 노랫소리 같았다. 때때
로 의견 차이가 있는지 한두 단어가 툭 튀어오르긴 했지만 곧 잠
잠해졌다.

지유는 건너편 자리에서 눈을 감고 있는 인솔자 남자를 곁눈질
했다. 남자의 옆엔 여전히 생수 상자가 쌓여 있었다. 버스가 굽은
길을 지날 때마다 출렁출렁하는 생수병 너머로 눈을 감고 있는 남
자의 모습이 함께 흔들렸다.

지유가 아무 대답도 하지 못하자 남자는 곧 사과했다.

추궁하려는 건 아니에요.

지유도 알고 있었다. 남자는 정말 궁금해하는 것 같았다. 그렇
지만 사실대로 준희를 찾으러 왔다고 말할 수는 없었다. 어쩐지
그런 이유를 말해선 안 된다고 생각했다. 지유는 그저 여기에 모
인 사람들 대부분이 할 대답을, 그런 말을 하고 싶었다. 하지만 당
장 입이 떨어지지 않았다. 정말 준희를 찾으러 왔을 뿐이니까. 그
곳에 가면 준희를 만날 수 있을 것 같아서.

처음에는 준희를 알아보지 못했다. 텔레비전 속 준희는 야구모
자를 깊게 눌러쓰고 마스크를 하고 있었다. 심야에 방송되는 현장

취재 프로그램의 한 꼭지였다. 지유는 잠옷 바지에 한쪽 다리만 넣은 채로 한참 동안 텔레비전을 보았다. 카메라는 준희를 자세히 비춰주지 않았다. 준희는 서너 번, 스치듯 화면 끄트머리에 나타났다 사라졌다. 말도 안 되는 행동이라는 걸 알면서도 지유는 텔레비전을 손으로 잡고 이리저리 틀어보았다.

그날은 지유가 해고를 통보받은 날이었다. 사물함 속의 작업복과 칫솔을 챙겨 가방에 넣으면서 지유는 준희가 해고되던 날을 생각했다. 공장은 3교대에서 2교대로 체제를 바꾸면서 인력을 감축하겠다고 공고했다. 세 사람이 하는 일을 두 사람도 할 수 있다면 마땅히 그렇게 해야 하는 것이 아닌가. 지유는 막연히 그렇게 생각했다. 월급도 오른다고 하고 야근수당도 붙게 된다고 했다. 좋은 일 아닌가. 새로 바뀐 시간표를 확인하려고 할 때, 조장이 준희에게 내일부터는 나오지 않아도 된다고 했다.

집으로 가는 길 내내 준희는 말이 없었다. 지유는 말했다.

걱정 마. 일은 새로 구하면 되지.

지유는 그렇게 말하는 자신을 물끄러미 바라보던 준희의 표정이 떠올랐다. 왜 그런 표정을 지어? 절대로 있을 수 없는 일이 일어났다는 것처럼. 지유는 그때 준희에게 하지 못한 말을 혼자 중얼거렸다. 그러자 못 견디게 억울해졌다. 누군가의 잘못을 대신 뒤집어쓴 느낌. 그 누명을 해명할 기회를 영영 얻지 못할 것 같은 불안.

똑같았다. 내일부터는 나오지 않아도 돼. 조장은 그렇게 말했다. 두 사람이 하는 일을 한 사람이 할 수도 있는 거구나. 지유는 그렇게 생각했다. 그럴 수도 있겠다고 생각했다. 세 사람이 하던 일을 두 사람이 했을 때처럼, 어떻게든 된다면 되게 하는 것이 맞지 않는가. 지유는 고개를 끄덕였다. 문득 어깨가 뻐근하다는 생각이 들었다. 기지개를 켜려고 했을 뿐인데 눈물이 났다. 피곤하구나. 어서 집으로 가서 오래 자고 싶다는 생각을 하자 비로소 준희가 이제는 없다는 것이 너무 생생했다.

그런데 텔레비전에 준희가 나온 것이다. 지유는 한참 텔레비전과 씨름했지만 준희는 다시 나오지 않은 채로 프로그램이 끝나버렸다. 지유는 인터넷을 검색해서 준희가 나온 장면이 어떤 내용을 다루고 있는지 알아냈다. 영상도 구했다. 그리고 몇 번이고 그 영상을 다시 돌려봤다. 밥을 먹다가 말고, 양치를 하다가 말고, 이부자리에 눕다가 말고, 지유는 모니터 앞으로 가서 그 영상을 보았다.

어떻게 오셨어요?

남자의 그 질문에 말 그대로 '지하철을 타고 왔어요'라고 대답하거나 조금 더 자세하게 '인터넷에서 버스에 탈 사람들을 모집하는 글을 보고 약도를 출력해서 찾아왔어요'라고 대답했다면 남자는 어떤 표정을 지었을까. 그런 뜻이 아니라는 걸 뻔히 알면서도 그냥 그렇게, 그저 말 그대로만 대꾸했더라면.

어떻게.

그건 너무 무거운 질문이라고 지유는 생각했다. '왜'이기도 하고 '무엇'이기도 하고 '누구'이기도 하고 '언제'이기도 하고 '어디서'이기도 한 질문. 모든 물음표가 가득 들어찬 질문. 그래서 오히려 모든 대답을 막아버리는 질문. 지유는 '어떻게'라는 말을 들으면 정말 어떻게 대답해야 할지 알 수가 없었다.

넌 앞으로 어떻게 살 작정이야?

그래서 준희가 그렇게 물었을 때도 지유는 대답할 수 없었다. 왜 나한테 그런 걸 물어봐? 도대체 뭘 말하라는 거야? 넌 어떤 대답을 원해? 머릿속에 가득차는 말들로 되물을 수도 없었다. 그래서는 안 된다는 생각, 그런 생각이 들었기 때문이었다.

지유는 차라리 준희가 계속해서 자신에게 따져 물었으면 좋겠다는 생각을 했다. 질문이 더 이어지면 준희가 원하는 대답이 무엇인지 알 수 있을 것 같았다. 나한테 힌트를 좀 줘. 하지만 준희는 그저 끝까지 지유의 눈만 똑바로 바라보았을 뿐이었고, 지유는 결국 아무런 말도 하지 못했다.

지유는 '어떻게'를 묻는 사람들은 묻고 있으면서도 자신이 무엇을 물어야 할지를 모르는 것이 아닐까 하는 생각을 했다. 모든 물음표를 가득 담고 모든 대답을 원하는 질문. 무엇을 물어야 하는지는 몰라도 무엇을 들어야 하는지는 알고 있는 질문. 묻는 사람과 대답하는 사람이 서로를 제대로 짐작해야만 이해되는 표현, 이라고 생각했다. 그런데 어떻게 그럴 수가 있을까. 그럴 수가 있는 걸까. 어떻게.

지유는 연달아 떠오르는 기억들을 떨쳐내기 위해 고개를 흔들었다. 버스가 목적지에 도착했는지 천천히 속도를 줄였다. 기어를 바꾸는 운전기사의 마른 팔이 보였다.

무언가 잘못된 것 같았다. 버스가 더이상 들어갈 수 없다고 했다. 버스 안의 사람들이 인솔자 남자에게로 번갈아 다가가 상황을 물었다. 남자가 어딘가로 전화를 걸기도 하고 버스 밖으로 나갔다가 돌아오기도 했지만 버스는 여전히 멈춰 있었다. 지유는 커튼을 젖혀 창밖을 보았다. 다른 버스들이 더 있었다. 지유와 마찬가지로 커튼을 젖힌 채 불안한 눈으로 밖을 살펴보는 사람들이 보였다.

드실래요?

뿔테안경을 낀 여자가 지유의 옆자리에 앉았다. 여자의 손에는 크림빵이 들려 있었다. 지유는 고개를 저었다.

괜찮아요.

정말요? 아까 아무것도 안 드셨죠?

배가 고프지 않아서요.

그렇지만 먹어두는 게 좋아요.

밤이 무척 길 테니까. 여자는 그렇게 말하며 지유에게 크림빵을 내밀었다. 지유는 크림빵을 받아 얼떨결에 포장지를 벗겼다. 실온에 오래 나와 있어 천천히 상해가고 있는 빵에서는 시큼한 냄새가 났다. 야근을 할 때 배급되던 빵과 비슷하다는 생각이 들자 베어 무는 것이 어렵지 않았다.

나도 처음엔 그랬어요.

네?

이런 자리가 낯설고 어색했거든요.

지유는 빵을 천천히 씹었다. 괜찮았다. 여자는 지유가 빵을 먹는 것을 보다가 다른 사람들에게 무어라고 말을 걸기도 하고 자리에서 일어나 어딘가로 갔다가 다시 돌아오기도 했다. 그리고 지유가 빵을 다 먹을 때쯤 물었다.

커피 마실래요?

커피가 있었나. 지유가 자신의 옆에 쌓여 있던 상자들에 대해서 생각하는 사이 여자가 버스 뒤쪽으로 갔다가 돌아왔다. 그리고 보온병 뚜껑에 담긴 커피를 내밀었다.

있을 줄 알았어. 다들 만반의 준비를 하고 오거든요.

여자가 웃었고 지유도 따라 웃었다. 버스가 느리게 움직이기 시작했다.

준희가 해고되고 얼마 되지 않은 어느 날 지유는 준희와 같이 대형 마트에 장을 보러 갔다. 준희는 새 일을 구하지 않고 있었고 지유는 일주일에 하루만 쉴 수 있었다. 집안일도 하고 장도 봐주면 좋으련만 준희는 하루종일 방안에 틀어박혀 잠을 자거나 텔레비전을 보았다. 겨우 닦달을 해서 준희를 데리고 나서는 길은 오랜만에 함께하는 외출이었기 때문에 지유는 장바구니와 적립 쿠폰을 두고 온 것도 신경 쓰이지 않을 만큼 기분이 좋았다.

저 과자 처음 보는 거네. 하나 살까? 나 이번주에 월급날이니까 사줄게.

준희는 대답이 없었다. 군것질을 좋아하는 준희를 지유는 항상 타박했었다. 괜히 미안한 마음이 들어 커다란 과자 상자를 집어드는데 준희는 벌써 저만치 앞서 걸어가고 있었다.

잠깐만, 잠깐만 기다려봐.

지유는 부랴부랴 과자 상자를 들고 준희의 뒤를 따라갔다. 유통기한을 살펴서 우유를 고를 때도, 할인하는 상표의 통조림을 찾을 때도, 준희는 자꾸만 혼자 걸어가버렸다.

계산대 앞에는 긴 줄이 늘어서 있었다. 열 개의 계산대 중 두 곳만이 운영되고 있었다. '죄송합니다. 다른 계산대를 이용해주세요'라는 안내판이 달린 빈 계산대에는 쓰레기가 쌓여 있었다. 지유가 줄을 서는 사이 준희는 계산대를 지나 출구로 향했다. 어느새 지유의 뒤로도 길게 줄이 늘어서버려서 지유는 준희가 마트 밖으로 나가는 것을 멍하니 바라볼 수밖에 없었다.

봉툿값 백원을 내고 비닐봉투를 샀지만 물건들을 다 담을 수 없었다. 지유는 비닐봉투에 들어가지 않는 커다란 과자 상자를 한쪽 옆구리에 끼고 집으로 돌아왔다. 현관문을 두드렸지만 대답이 없

었다. 바닥에 짐을 내려놓고 열쇠를 돌려 문을 열었다. 준희는 웅
크리고 앉아 발톱을 깎고 있었다.

문 좀 열어주지 그랬어.

틱.

이거 좀 받아주면 안 돼?

틱.

내 말 듣고 있어?

틱.

대체 왜 그래?

발톱을 다 깎았는지 준희는 바닥을 손으로 훔쳐 사방에 튄 발톱
들을 한데에 모았다. 그리고 다시 몸을 웅크리고 앉았다. 지유는
과자 상자를 준희의 앞에 내려놓았다. 준희는 물끄러미 과자 상자
를 바라보았다. 한참 그렇게 바라보기만 했다. 그러다 갑자기 당
연히 그래야 한다는 듯이 텔레비전을 켰다.

다음날 퇴근을 하고 돌아왔는데도 집안은 지유가 출근할 때와
마찬가지로 어질러져 있었다. 지유는 바닥을 쓸고 걸레질을 하고
저녁을 준비했다. 주방은 깨끗했다. 준희는 하루종일 아무것도 먹
지 않은 것 같았다. 밥상을 차려놓고 준희를 깨웠다.

밥 먹자.

준희의 몸을 돌렸더니 준희는 잠든 것이 아니었다. 준희는 멍하
니 눈을 뜨고 있었다.

밥 먹자. 밥을 먹어야지.

준희는 마지못한 듯 몸을 일으켜 밥상에 앉았다.

수저까지 쥐여줘야 해?

지유의 말에 준희는 눈살을 찌푸린 채 수저를 들었다. 지유는 준희에게 말했다.

이건 정말 너무해. 너 정말 너무해.

그렇게 말하자 정말 모든 것이 너무한 것 같았다. 준희가 대꾸했다.

그래, 너무해.

버스는 얼마 지나지 않아 다시 멈춰 섰다.

아직 도착하려면 멀었나요?

지유가 묻자 인솔자 남자가 버스 앞유리 너머를 손가락으로 가리켰다.

아뇨, 바로 저기예요.

지유는 몸을 숙이고 고개를 젖혀 멀고 높은 곳을 보았다. 희미하게 깜빡이는 빛이 보이는 듯했다.

그런데 왜 가지 못하고 있는 거죠?

막고 있어요.

인솔자 남자는 곤란하다는 듯이 웃으며 덧붙였다.

사람들이 막고 있어요.

여자는 백 일이 넘게 그곳에 있었다. 사람이 가장 공포를 느낀다는 높이를 넘어, 새들도 둥지를 짓지 않는다는 높이를 넘어, 낙하산을 펴면 오히려 공중으로 치솟게 된다는 높이를 넘어, 고개를 한껏 젖혀 올려다보아야만 하는 까마득한 높이에, 바로 그곳에.

텔레비전 속의 여자는 수척해 보였다. 주변이 소란스러웠다. 금속이 부딪치는 둔탁한 소리와 바람이 매섭게 지나가는 소리, 먼 곳에서 들려오는 노랫소리가 뒤섞여 여자의 목소리는 또렷하게 들리지 않았다. 준희가 텔레비전 볼륨을 높였다.

여러분, 혹시 '개 다섯 마리의 밤'이라는 표현을 아세요? 오스트레일리아의 원주민들은 아주 추운 밤이면 키우는 개를 살아 있는 담요로 삼아 곁에 두었다고 해요. 개가 다섯 마리나 있어야 버틸 수 있는 밤은 얼마나 추웠을까요. 그래도 다섯 마리의 개들과 함께 지낸 밤은 얼마나 따뜻했을까요. 여러분, 여러분은 저에게 이 밤을 함께 버텨낼 따뜻한 온기입니다. 여러분들의 힘이 절실하게 필요할 만큼 두렵고 추운 이 밤, 그래도 여러분들이 있어 이 밤이 지나고 아침이 올 것을 믿습니다. 감사합니다. 정말 감사합니다.

지유야.

응?

우리에게도 다섯 마리의 개들이 있을까.

다섯 마리의 개?

그래, 밤을 버티게 해주는.

지유는 묻고 싶었다. 나는 너를 버티게 하지 않니? 너는 나를 버티게 할 수 없니? 준희는 지유의 대답을 기대하지 않았다는 듯이 텔레비전을 끄고 이부자리를 폈다. 지유는 등을 돌리고 누운 준희의 옆에 누웠다.

넌 앞으로 어떻게 살 작정이야?

지유가 막 잠이 들려고 할 때, 돌아누운 준희가 불쑥 물었다. 뭐라고? 그렇게 되물었는지 아니면 그대로 잠이 들어버렸는지 지유는 확실하게 기억하지 못했다. 아침에 일어났을 때 이미 준희는 없었다. 그리고 다시는 돌아오지 않았다.

준희가 묻고 싶었던 건 무엇이었을까. 지유는 결국 이해하지 못한 준희의 질문에 대해 끊임없이 생각했다. 준희가 듣고 싶었던 대답은 무엇이었을까. 그것을 알고 싶어서 지유는 버스에 탔다.

일단 내립시다.

누군가가 말했다. 인솔자 남자가 고개를 끄덕이자 버스 문이 열렸다. 지유는 뿔테안경을 낀 여자의 소개를 받아 보온병의 커피를 준 남자에게 인사를 했다.

감사합니다.

아니에요.

어쩐지 그의 목소리가 준희를 닮아 있어 지유는 그의 얼굴을 찬

찬히 살펴보았다.

　제 얼굴에 뭐 묻었나요?

　아뇨, 제가 아는 사람을 닮아서요.

　그런가요.

　보온병 남자는 이런 자리에 익숙한 듯 가방에서 접이식 방석을 꺼내 바닥에 깔고 앉았다. 지유도 그의 곁에 앉았다. 어째서 이 사람이 준희를 닮았다고 생각했을까. 자세히 보니 체격도 생김새도 전혀 달랐다.

　네, 저는 그 사람을 찾으러 여기에 왔어요.

　사람들은 버스를 담장 삼아 그 사이에 자리를 잡고 앉았다. 다른 버스에서도 사람들이 내렸다. 어떤 버스의 사람들은 똑같은 색깔의 티셔츠를 입고 있었고, 어떤 버스의 사람들은 커다란 깃발이 매달린 장대를 들고 있었다. 누군가는 확성기로 사람들에게 대열을 잘 맞춰달라고 말했고, 누군가는 글씨가 빼곡하게 적힌 종이를 나눠줬다.

　지유는 사람들의 얼굴을 꼼꼼하게 살폈다. 혹시나 했지만 역시 준희는 없었다. 더 가까이 가야만 했다. 분명 그곳에 준희가 있을 것 같았다. 지유는 고개를 빼고 버스를 막고 있다는 사람들을 보기 위해 기웃거렸다. 제복을 입은 사람들일까. 험악하게 욕설을 하는 사람들일까. 몸을 반쯤 일으키던 지유는 깜짝 놀랐다. 어린아이가 있었다.

수많은 부품 중 하나를 끼워 넣는 일을 준희가 그렇게 좋아했던가. 혼자 출근한 첫날, 지유는 그런 생각을 하면서 작업복을 입었다. 다른 일을 구하는 것은 어렵지 않다고 생각했다. 어차피 최저시급을 받을 뿐이고 대단한 기술이 필요한 일도 아니었다. 그리고 그런 일은 많았다. 편의점에서 카운터를 지키거나 마트에서 바코드를 찍거나 하는 일도 다르지 않았다. 지유는 자신의 자리에 가서 섰다. 벨트가 움직이기 시작했다.

하루 일곱 시간을 서 있는 것과 아홉 시간을 서 있는 것은 고작 두 시간 차이일 뿐인데도 야근수당이 붙으니까 더 좋다고 생각했었다. 하지만 일주일이 되자 열네 시간이 늘었고 한 달이라고 생각하니까 육십 시간이 더 늘었다. 그만큼 월급명세서의 숫자도 늘었고 지유의 피로도 늘었다. 지유는 점심시간이 짧아진 것도, 교대 준비 시간이 짧아진 것도 한참 뒤에야 알았다. 어쩐지 자주 소화가 되질 않았다.

점심시간마다 구내식당에서 밥을 함께 먹었던 사람들이 하나둘 보이지 않기 시작했다. 다른 사람들은 밥을 더 빨리 먹기 위해 가끔 씹지도 않고 음식을 삼켰다. 남은 시간 동안 조금이라도 자리에 앉아 눈을 붙이고 싶어했다. 지유는 식판을 들고 줄을 서다가, 물을 마시기 위해 정수기 옆에 놓인 일회용 종이컵을 뽑다가 준희를 생각했다. 아직 벽에 걸려 있는 준희의 작업복을.

잘 이해할 수 없었다. 어차피 똑같은 시급이라면 한 사람에게 아홉 시간 분량의 시급을 주는 것과 두 사람에게 네 시간 반 분량의 시급을 주는 것은 똑같지 않은가. 똑같은 하루 스물네 시간, 한 달이면 칠백이십 시간을 여럿이 나누어 가질 뿐이 아닌가.

아이는 어른들 사이에서 아무렇게나 누워 잠들어 있었다. 지유는 어른들을 보았다. 아이의 엄마로 보이는 여자가 아이의 이마를 쓰다듬고 있었다. 커다란 꽃무늬가 그려진 헐렁한 원피스를 입고서 손부채질을 하고 있었다. 그 옆으로는 모시옷을 입은 노인과, 졸음에 겨워 하품을 하는 러닝셔츠 차림의 중년 남자가 있었다. 저 사람들의 밤은 너무 뜨겁구나. 저렇게나 덥구나. 지유는 숨이 턱 막히는 것 같았다.

왜 저런 사람들이 길을 막고 있는 거죠?

지유는 누구에게든 묻고 싶었다. 속으로만 생각하려고 했는데 저도 모르게 말이 되어 나왔다. 보온병 남자가 덤덤하게 대답했다.

지금 이 상황이 너무 화가 나서 그래요.

누군가가 노래를 부르기 시작했다. 모두가 아는 노래인 듯 여기저기서 따라 부르는 사람들이 늘었다. 이 사람들에게 화를 낼 일이 아니잖아요. 지유는 그렇게 말하고 싶었다. 화를 내려면 여기가 아니잖아요. 노랫소리가 조금씩 더 크고 빨라진다고 생각했을 때, 건너편에서 누군가가 이쪽으로 돌을 던졌다. 곧이어 음료수

캔이며 물병 같은 것들이 연달아 날아왔다. 건너편 사람들이 고래 고래 소리를 질렀다. 조용히 해! 조용히 좀 하라고! 잠을 잘 수가 없어! 건너편에서 날아온 것 중 하나가 보온병 남자의 머리에 맞았다.

괜찮아요?

보온병 남자는 고개를 끄덕이고 자신의 머리에 맞고 바닥에 떨어진 것을 주워들었다. 지유는 그의 손에 들린 작은 고무공을 바라보았다. 아이들이 한창 좋아한다는 동물 캐릭터가 그려진 고무공은 안에 방울이 들어 있는지 딸랑딸랑 소리를 냈다.

대출을 갚기 위해 공장에 들어왔다고 하자 조장은 지유를 향해 큰 사업이라도 했느냐고 물었다. 지유에게 인수인계를 해주던 직원이 깔깔 소리를 내서 웃었다. 아가씨 같은 사람들 생각보다 많아. 별일 아니지. 같은 벨트의 사람들이 저마다 한마디씩 보탰다. 가방이라도 샀어? 카드 긁었어? 지유는 작은 목소리로 대답했다. 학교를 다녔어요. 더이상 아무도 웃지 않는데 갑자기 누군가가 크게 소리 내서 웃었다. 지유는 자신이 일하게 될 곳에서 멀리 떨어진 자리를 보았다. 벨트가 가장 빠르게 도는 곳이고 그래서 제일 바쁜 곳이었다. 준희가 번쩍 손을 들었다. 안녕.

준희는 지유보다 먼저 공장에 다니고 있었다. 열아홉 살에 처음 공장에 다니기 시작했다고 했다. 차근차근 일을 배웠고 부지런히 몸을 움직였다. 처음에는 준희도 지유도 공장 기숙사에 살았지만 비상 교대를 하는 것도 힘들고 밤에도 기계가 돌아가는 소리가 계속 들려와서 깊은 잠을 잘 수 없었다. 공장 밖에 방을 구했을 때, 준희는 보람이 있다고 했다. 지금까지 열심히 일한 보람이 있다고.

대학을 가고 싶진 않았어. 거긴 공부하러 가는 데잖아. 난 별로 배우고 싶은 게 없었거든. 준희는 그렇게 말했다. 그렇구나. 지유는 자신이 다니던 학교와 전공 학과를 묻는 사람들 틈에서 묘하게 웃음 짓던 준희의 얼굴을 떠올렸다. 곤란하겠구나, 너. 그렇게 말하는 것처럼 보였다. 넌 공부도 하고 일도 하는구나, 성실하게. 준희는 공장 밖에 방을 구하자는 말을 하며 그런 말을 덧붙였다. 지유는 부끄러워졌다. 자신에게 성실하다는 말이 붙는다면 그건 그저 계속해서 걷고 있다는 점을 표현하는 것처럼 느껴졌다. 멈춰도 달려도 별 뾰족한 수가 없어서 그냥 하염없이 걷고 있을 뿐인, 아주 성실한 상태.

아이의 울음소리가 들려왔다. 지유는 건너편에 앉은 사람들 사이를 오가는 검은 그림자를 보았다. 그림자는 사람들을 억지로 일으켜세우기도 하고 밀치기도 하고 팔다리를 붙잡고 끌기도 했다. 사람들은 고함을 치기도 하고 비명을 지르기도 했다. 아이는 점점 지쳐가며 울었다. 그림자가 하나둘씩 늘어났다.

뒤쪽에서 비명소리가 들려 지유는 고개를 돌렸다. 그림자가 이쪽에도 있었다. 그림자는 난폭하게 움직였다. 놀란 사람들이 자리에서 일어나자 그림자는 기다렸다는 듯이 건너편을 향해 달려가기 시작했다. 건너편의 그림자들은 이쪽을 향해 달려왔다. 사방은 순식간에 아수라장이 되었다. 지유는 뒤섞이는 그림자들과 쓰러지는 사람들을 보았다. 보온병 남자가 지유의 손을 잡아끌었다.

버스 기사는 문을 열어주지 않으려고 했다. 지유는 다급하게 버스 문을 두드렸다. 버스 기사와 눈이 마주쳤지만 그는 이내 고개를 돌렸다. 뒤쪽에서 그림자에게 떠밀린 사람이 넘어지며 지유와 부딪혔다. 놀란 지유의 비명소리에 버스 기사가 마지못해 문을 열어주었다.

버스 기사는 어서 이곳을 벗어나야 된다고 말했다. 지유는 창밖을 보았다. 멀리 인솔자 남자와 뿔테안경을 낀 여자가 보였다. 울던 아이는 어떻게 되었을까. 졸던 남자는, 피곤해 보이던 노인은, 뒤쪽에서 노래를 부르던 사람들은, 어떻게 되었을까. 지유는 문득 저 안에 준희가 있을지도 모른다는 생각을 했다.

이것 좀 부탁해요.

보온병 남자가 지유에게 가방을 내밀었다. 그는 버스 밖으로 나갈 거라고 했다. 버스 기사는 이미 시동을 걸고 기어를 바꾸고 있었다. 저기요, 저기요. 지유는 그의 얼굴이 준희와 다시 겹쳐지는 것만 같아 그를 붙잡고 싶었다. 하지만 목소리가 나오지 않았다. 마치 준희의 질문에 대답하지 못했을 때처럼. 붙잡고 난 그 다음엔 '어떻게' 해야 할지 짐작할 수가 없었다.

커피, 남아 있어요.

보온병 남자는 지유에게 그렇게 말하고 버스 기사에게 문을 열어달라고 했다. 버스 기사는 보온병 남자가 내리자마자 재빨리 문을 닫았다. 열린 문 틈으로 새어들어오던 바깥의 소리들은 조금 전 버스 밖에 앉아 있을 때 들었던 노랫소리 같았다. 모두가 알고 있지만 지유만은 모르는 노래. 어쩌면 텔레비전에서 처음 그녀를 보았을 때 들려왔던 주변의 소리가 이것이었을까. 그렇다면 정말 준희는 지금 저 사람들 속에 뛰어들어 있는 것은 아닐까.

버스가 서서히 움직이기 시작했다. 지유는 생각했다. 이곳을 벗어나도 이 밤이 영원히 끝나지 않을 것만 같다고.

우리의
자리

나의 자리는 어디인가. '자기의 자리'를 가늠하는 것이 삶의 전부라고 여겨도 좋을 만큼 삶은 세계에서 자기 존재의 부피를 확인하는 일로 가득차 있는 것만 같다. 자기의 자리를 확보하는 일은 스스로에 대한 이해에서 비롯되어 자기가 원하는 것을 확인하는 것으로 추구되며, 삶의 방향을 열망하는 것으로 나아간다. '자리'는 '어느 곳'이라는 구체적인 맥락 안에 자신이 '있다는 것'을 자신뿐만 아니라 타인에게서도 확인할 수 있을 때 의미를 가진다. 어떤 것과 결코 교환되지도 않고 대체되지도 않는 '나의 자리'는 누군가와의 관계망 속에서 확인되는 것이다. 이렇듯 '자리'는 타인과의 관계 속에서 그 의미를 갖는다는 점에서 관계 지향적이다.

조우리의 소설에는 '자리'를 더듬는 여러 인물이 등장한다. 이

때 '나'의 자리는 노동의 영역으로 환원되는 사회적 위치이자 친구나 연인 등 애정을 토대로 구축되는 관계 안에서 드러난다. 특징적인 점은 이러한 자리를 점유하거나 그로부터 탈각되는 양상이 사회적 층위와 관계의 층위가 서로 겹쳐지며 나타난다는 것이다. 노동시장에서 자리의 문제는 자신의 필요를 스스로 증명하라는 요구와 맞닿는데, 문제는 그 요구가 언제나 온당한 방식으로 이루어지지만은 않는다는 데 있다. 개인은 철저히 쓸모를 기준으로 노동의 자리에 기입되거나 삭제되며, 쓸모에 의해 그 자리에서 탈락되었을 때 그는 그저 노동의 자리를 박탈당하는 것뿐 아니라 사회에서 자신의 온전한 가치를 제거당하는 듯한 감각을 느끼게 된다. 조우리 소설 속 인물들은 이런 상황에서 나아갈 길을 애정과 사랑으로 형성된 관계 안에서 찾고자 한다. 물론 '너'와 '나'의 관계 안에서 각각의 자리를 다져나가고자 하는 시도가 언제나 성공적이지만은 않다. 그러나 중요한 것은 지향성이다. 이러한 지향이 흩어지고 상처받은 개인을 어떻게 일으켜세울 수 있을까. 조우리의 소설은 이 메시지를 안고 간다.

그곳과 관계된 무수한 무언가가 제대로 기능하기 위해 적당한 무언가가 놓여 있어야 하는 곳. 이러한 '자리'를 탐색하는 소설 속 인물의 특이점은 그들이 전부 여성이라는 점이다. 여성 인물이 '자신의 자리'에 대해 어떻게 감각하고 있는가는 소설을 가로지르는 주요 문제의식 중 하나다. 인물의 '여성' 젠더는 사회가 그들을 어떤 식으로 자리매김하도록 만드는지 보여준다. 또한 주 생산 활동층인 이십대에서부터 노동시장의 바깥으로 밀려나 있는 장년층까지 아우르는 인물의 스펙트럼에도 주목할 필요가 있다. 이런 점을 고려하여 인물의 '자리'가 노동, 퀴어, 경계의 문제와 어떻게 맞닿는지를 중심으로 소설을 읽어보려 한다.

노동과 젠더, 노동자 여성의 자리—「블랙 제로」「물물교환」「11번 출구」

「블랙 제로」「물물교환」「11번 출구」는 노동 현실에서의 자리에 주목한다. 세 편의 소설에서 인물들은 자기 자신이 아닌 그 누구라도 기입될 수 있는 자리를 박탈당하지 않기 위해 스스로의 인간성을 소거해야 하는 상황에 놓인다. 「블랙 제로」는 서비스직 종사자에게 요구되는 헌신과 배려가 자본의 논리 안에서 어떠한 위계로 강제되는지 보여주고, 「물물교환」은 제도가 엄격히 적용되지 않는 '벌어먹고 사는 일'과 관련하여 장년층 여성 인물이 겪는 기묘한 일에 대해 묘사한다. 그리고 「11번 출구」는 그러한 노동 현실 속의 인물의 자리를 그려내는 것에서 더 나아가, 다정함을 바탕으로 구축되었던 관계가 오해로 인해 단절되는 과정을 통해 한 개인의 자리가 어떻게 타인에 의하여 형성되고 또 허물어지는지 드러낸다.

임노동자가 노동과 임금을 교환한다는 것은 익히 알려진 교환의 내용이다. 그런데 임금과 교환되는 것이 육체노동이기만 할까? 「블랙 제로」에는 백화점 속옷 매장에서 근무하는 인물 '나'가 등장하는데, '나'는 자신과 휴무일을 바꿔주었던 '경'이 "고객님의 시착을 돕다가 말실수"(189쪽)를 했다는 이유로 고객으로부터 폭행을 당한 뒤 해고되었다는 사실을 알게 된다. '나'의 말마따나 도대체 무엇이 "내동댕이쳐지고 발길질을 당할 만한 실수"(191쪽)일 수 있을까. 이런 상황에서 중요한 것은 '무슨 실수를 했느냐'가 아니다. 백화점 고객은 경이 어떤 실수를 했는지와는 무관하게 그녀를 때릴 수 있다는 판단하에 그런 행동을 했을 것이다. 그 고객이 백화점 회원 중 최상위 등급인 '로얄'이라는 설명을 참고해보자. 백화점에서 경의 노동에는 물건을 판매하는 것뿐만 아니라 고객을 접대하고 그들에게 한껏 헌신해야 하는 것까지 포함되어 있다. 경은 최상위 고객의 비위를 거슬러서는 안 되고 혹시라도 그런 일이 발생했을 때는 어떤 불이익도 감수해야만 하는 '판매직 노동자'의 자리에 놓여 있다.

'블랙 제로'는 구매 이력은 없이 매일 백화점 일층을 한 바퀴 도는 등의 특정 행동을 반복하는 문제 고객을 말한다. 아르바이트생인 '윤'은 블랙 제로의 이러한 행동에 대해 "자기한테 필요한 거 찾으러, 그거 구하러 오는 거"(195쪽) 아니겠느냐고 설명한다. 경의 사례에서 알 수 있듯이 그 '필요'란 타인의 자리를 박탈할 수 있는 권위를 행사하는 것으로 자신의 위치를 확인하는 일이다. 블랙 제로와 '나' 사이에서 벌어진 소란은 자신의 자리를 확인하려는 필요가 다른 이의 인간적 자리를 훼손하는 것을 보여준다. '나'가 경과 흡사한 상황에 놓였음에도 경과 달리 해고되지 않은 것은 그 고객이 '로얄'이 아닌 '블랙 제로'이기 때문일지 모른다. 그리고 그건 이익 관계로 묶여 있는 노동현장에서 각자의 자리가 과연 서로의 어떤 인간성을 지우고 있는가 하는 질문을 던지게 한다.

한편 '노동-자리'와 관련한 세 편의 서사에서 눈여겨보아야 할 것은 인물의 젠더이다. 「블랙 제로」에서 판매직, 서비스직 노동자는 대개 여성인데, 이와 관련하여 경의 임신 사실은 노동현장에서 여성이라는 젠더가 어떤 식으로 취급되는지를 짐작게 한다. "임신을 하면 사직서를 내는 것이 암묵적인 규정"(204쪽)이라는 말에서 확인할 수 있듯 인물은 여성이라는 이유로 노동현장 밖으로 밀려나게 된다.

노동 영역에서의 젠더 문제는 「물물교환」에서도 특징적으로 나타난다. '여자'는 쉰이 넘은 장년층 일용직 노동자로 공사장에 진입하는 외부 차량을 통제하는 일을 하다 이런 말을 듣는다.

현장 주변에 마땅한 식당이 없다고 해서 여자도 도시락을 하나씩 받기로 했다. 대신 점심시간에 자리를 뜨지 않겠다고 했다.

출근 첫날, 도시락을 받게 되었으니 하나 달라고 했을 때 남자는 대뜸 말을 놓았다.

누님은 이런 일 안 하실 것처럼 생겼는데, 어쩌다 거기 앉았수?

여자는 그가 자신의 막냇동생보다도 한참은 어릴 거라고 생각했다. (……) 이런 일, 이라는 말도 조금 우스웠다. 중학교에 진학하지 않고 방직공장에 취직했던 열네 살부터 여자는 자주 그런 말을 들어왔다. 손이 참 곱다, 안색이 밝다, 고생은 안 하고 사셨을 것 같다, 라는 말들. 사람들은 여자를 나이보다 어리게 보았다. 여자는 그것이 자신을 만만하게 여기기 때문이라고 생각했다. 그리고 그것이 재미있었다. 사람들이 참 단순하구나, 싶었다. 보고 싶은 것만 보는구나.(163쪽, 이하 강조는 인용자)

그녀가 하는 일이 '이런 일'로 취급되는 것으로부터 몇 가지 사실을 추론해보자. 그녀가 실제로 어떤 삶을 살아왔는지와 상관없이 이미지화되어 있는 여성상은 노동의 영역에서 '어리고 아름다운 여성'이라는 젠더의 위치를 드러낸다. '어리고 아름다운 여성'은 노동의 영역에 어울리지 않는 이질적인 존재로 인식되어 노동자-여성의 층위에서 소외당한다. 그럼에도 '곱다'라는 말이 여성에게 칭찬의 의미로 여겨질 것이라는 믿음이 이 상황을 가능하게 한다. 젠더에 대한 이러한 인식은 노동의 계급화에 교묘하게 기여하여 그녀가 하는 일을 '이런 일'로 압축한다.

이처럼 노동의 계급화와 젠더의 관계를 밀착시켜 묘사하는 것은 조우리 소설의 주요한 특징 중 하나이다. 노동의 영역에서의 젠더 문제와 관련하여 '교환'의 문제를 살펴보자. 앞의 인용문에서 알 수 있듯이 여자는 점심시간에 자리를 비우지 않는 대신 도시락을 제공받는다. 이는 계약서에 명시된 사항이 아니므로 현장소장의 호의가 작용했다고 볼 수 있는데, 이러한 호의가 여자에게 도시락을 나눠주는 남자에게로 그 범위가 확대되는 것은 그녀가 '여성'이라는 점과 관계된다. "출근 첫날, 도시락을 받게 되었으니 하나 달라고 했을 때 남자는 대뜸 말을 놓았다"는 구절은 호의를 매개로 교환되는 것에는 노동의 내용과 식사뿐만 아니라 '여성'이라는 젠더까지 포함되어 있음을 드러낸다. 남자는 현장소장의 지시에 따라 여자에게 도시락을 건네는 것이므로 호의가 작동하는 것 자체가 문제인 건 아니다. 하지만 어째서 그 호의는 반말의 형식과 "이런 일"이라고 운운하는 방식으로 드러났어야 하는 것일까? 이 장면은 동의하거나 합의되지 않은 젠더에 대한 인식이 일방적으로 수행되고 있다는 점에서 눈여겨볼 필요가 있다.

　관련하여 또다른 교환의 장면을 보자. '노인'은 고철을 준 여자의 호의에 대해 고마워하며 여자에게 은근하게 참외를 건넨다. 여자는 교환될 수 없는 것을 일회적 호의로 베풀지만, 노인은 원하는 걸 받았으니 대가를 줘야 한다는 교환 관계를 일방적으로 요구한다. 이는 매뉴얼이나 공식적 계약만으로는 유지되지 않는 삶에 대한 연민과 그것에 기대 자신의 이익을 취하고자 하는 장면으로 읽힌다. 그러나 앞서 소설 속 교환이 젠더와 무관하지 않음을 떠올리면, 교환되어서는 안 되는 것이 일방적으로 교환의 대상이 되는 사실에 물음을 던져야 한다.

이런 교환의 의미에 「11번 출구」의 핵심 소재인 '11번 출구'의 의미를 연결해보자. 이 소설에는 경계선이 가득하다. 그것은 마치 투명도 칠십 퍼센트의 흐릿한 선과 같은 것이었다가 경계선의 저쪽과 이쪽이 더이상 서로 교환할 만한 것이 없다고 판단되는 순간 투명도 영 퍼센트의 선명한 직선이 된다. 소설의 주요 공간은 "역과 지하상가가 나뉘는 경계"(39쪽)에 있는 빵집이다. '다미'는 이 가게의 유일한 점원이자 성실한 노동자이지만 공사로 인해 가게가 기존 상권과 구분되면서 사장 입장에서는 언제 해고해도 이상하지 않은 '잉여 노동력'으로 순식간에 위치를 달리한다. 다미가 곤란한 상황일 때 종종 다미를 도와주던 '남자'는 호감의 대상이자 유일하게 다미에게 호의를 표하는 사람이었지만, 역과 지하상가 사이에 가벽이 세워지는 순간 그저 지나가는 손님 중 한 명이 된다. 인물을 둘러싼 공간이 언제든 바뀔 수 있는 인물의 불안정한 위치를 표상하는 것이라 할 때 '11번 출구'를 어떻게 의미화할 수 있을까?

역의 공식적인 출구는 6번까지였다. 7번부터 14번까지는 지하상가가 점점 커지면서 뻗어나가 생겨난 출구들이었다. (……) 그러던 것이 지하상가가 재정비되면서 숫자 대신 알파벳이 붙었다. 역의 출구와 구별하기 위해서였다. 7번 출구는 A 출구가 되고 8번은 B가 되는 식으로 출구의 이름이 바뀌는 와중에 11번과 12번 출구는 폐쇄되었다. 대신 출구가 있던 공간만큼 새로운 점포가 생겼다.

11번 출구는 꽤 큰 출구였던 터라 그 자리엔 세 개의 점포가 생겼는데 그중 하나가 제나였다. 폐쇄되기 전에도 공식적인 출구는 아니어서 역의 출구 안내도에는 11번 출구가 없었다. 그런데도 사람들은 자꾸만 11번 출구를 찾았다.(50~51쪽)

'11번 출구'란 공식적으로 드러나진 않지만 분명 존재하는 공식/비공식의 경계이자, 지시하는 바가 정확하진 않지만 어떤 목적지로 가는 데는 소용되는 지표이다. 하필 그것이 없어진 자리에 '제나'라는 상점이 생기고 다미와 마찬가지로 언제 잘려도 이상하지 않은 아르바이트생 '제나'가 그곳에서 일한다는 것은 우연하지 않다. 인물들을 통해 드러나는 '노동자'라는 자리는, 있지만 없고 필요하지만 공식적이거나 정확하게 표상되지는 않는 '경계'로서의 '11번 출구'로 환유된다.

연인들의 이야기, 관계의 자리 —「개 다섯 마리의 밤」「미션」「나사」

앞서 다룬 세 소설이 노동 현실에서의 자리에 집중한다면,「개 다섯 마리의 밤」(이하「개」)「미션」「나사」는 관계 지향적인 자리를 환기한다. 세 소설의 공통점은 인물들이 가까운 친구 관계 또는 연인 관계라는 것, 둘 중 한 명이 노동시장에서 부당한 일을 겪거나 해고를 당한다는 것이다. 그렇게 두 인물이 서로 불균등한 조건에 놓이면서 사회적으로도 소중한 사람과의 관계에서도 한쪽의 지분이 소거되는 듯한 상황이 생겨난다. 특히「개」와「미션」은 아직 탈락되지 않은 인물의 시선으로 노동시장에서의 '자리 없음'과 '애정 관계'라는 문제를 겹쳐놓는다. 두 소설에서 인물의 자리는 언제든 다른 사람으로 대체될 수 있는 것이다.

「개」는 헤어진 연인 '준희'를 찾기 위해 시위 현장으로 가는 '지유'의 서사[1]이다. 둘은 공장에서 만나 연인으로 발전한 사이로 처

---

1) '지유'와 '준희'는 조우리의 다른 소설 『라스트 러브』(창비, 2019)에 등장하는 걸 그룹 '제로캐럿'의 멤버 이름과 같다. 『라스트 러브』는 두 층위의 서사로 구성되어 있는데 하나는 처음이자 마지막 단독 콘서트를 준비하면서 각 멤버가 제로캐럿이 되기까지 겪은 개인적 고충을 짚어내는 서사이고, 다른 하나는 그들의 팬에 의해 쓰인 것으로 짐작되는 팬픽이다. 새로운 환경과 관계 속에 인물들을 자유자재로 배치하여 이야기를 꾸려나가는 팬픽의 형식을 떠올려보면, 제로캐럿의 멤버와 이름이 같은 인물이 등장하는「개」를 『라스트 러브』의 팬픽 중 하나로 읽을 수 있다. 제로캐럿의 멤버 지유, 준희의 캐릭터를 이 단편 속 인물들에 겹쳐 읽는 것은 또다른 즐거움이 될 것이다.

음에는 준희가, 이윽고 지유가 차례대로 해고당한다. 해고당한 준희를 위로하기 위해 지유는 "저 과자 처음 보는 거네. (……) 나 이번주에 월급날이니까 사줄게"(226쪽)와 같은 말을 건네지만 그 말은 준희에게 이중의 상실감을 안긴다. 준희가 부당하게 해고당해 갑자기 실업자가 된 현실을 상기시킨다는 점에서, 자신을 이해하고 위해주기를 바랐던 연인이 오히려 자신의 상실감을 상기시킨다는 점에서 그렇다. 해고된 준희는 연인과의 관계에서도 자신의 자리가 희미해진다고 느낀다.

지유의 경우는 어떠한가. 준희가 해고되고 얼마 지나지 않아 지유도 준희와 같은 처지가 된다. 내일부터는 나오지 않아도 된다는 조장의 말 한마디에 직장을 잃은 지유는 우연히 텔레비전을 통해 시위하는 준희의 모습을 보게 되고, 비로소 자기의 자리가 제거되었다는 사실을 깨닫는다. 망연한 상황에서 지유는 '어떻게 그럴 수 있는가'라는, 누구도 대답하지 않(못하)는 질문을 반복적으로 떠올린다. 갑자기 해고된 데 이어 더는 연인에게도 온전히 이해받지 못하리란 것을 깨달은 준희와 지유는 지금 '아주 추운 밤'에 놓여 있고, 그런 그들에게 필요한 건 '개 다섯 마리'이다.

여러분, 혹시 '개 다섯 마리의 밤'이라는 표현을 아세요? 오스트레일리아의 원주민들은 아주 추운 밤이면 키우는 개를 살아 있는 담요로 삼아 곁에 두었다고 해요. 개가 다섯 마리나 있어야 버틸 수 있는 밤은 얼마나 추웠을까요. 그래도 다섯 마리의 개들과 함께 지낸 밤은 얼마나 따뜻했을까요.(229쪽)

서로의 자리를 삭제함으로써 각자가 의미 없고 희미해져버리는 세계에서 서로를 지탱해준 것은 서로였음을 준희와 지유는 너무 늦게 알아버린 것일지도 모른다. 그러나 늦었다고 망연자실하여 자리에 주저앉는 게 아니라 어디에 있는지 알 수 없지만 준희를 찾아 나서는 지유의 걸음은 '우리'의 밤에 기꺼이 온기가 되어주겠다는 다짐으로 보인다. 소설은 이처럼 노동문제를 관계 서사에 겹쳐놓음으로써 관계의 자리를 사유하도록 만든다.

「미션」의 '미경'은 '수아'가 권고사직을 당한 뒤로도 계속 일을 한다는 점에서 지유와 대응되는 인물이다. '미경-수아'도 '지유-준희'와 마찬가지로 헤어지지만 지유가 자신을 떠난 준희의 마음을 완전히 알지 못하는 상태로 그녀를 찾아 헤맨다면 미경은 수아가 권고사직을 당하고 한국을 떠나는 과정을 함께했다는 점에서 차이가 있다.[2]

---

2) 이 차이는 두 소설 속 인물 간의 관계 양상이 다르기 때문에 발생하는 것이기도 하다. 애정을 토대로 한 관계이자 두 인물 중 한쪽이 직장을 그만두는 상황의 유사성으로 「개」와 「미션」을 함께 묶어 살피고는 있으나, 「미션」의 경우 「개」와는 달리 두 인물의 관계가 '연인'이라고 명확히 드러나 있지는 않다. 그렇다면 수아가 고통스러운 기억을 덜어내기 위해 한국을 떠나는 것과 그것을 이해하는 미경의 모습은 연인이 아닌 친구 간의 위로와 연대로 이해될 수 있다.

'아주 추운 밤'을 버티게 하는 연대, 사랑, 이어져 있음, 곁에 있음, 여기에 우리가 있음을 의미하는 '개 다섯 마리'는 「미션」에서 '지키는 일'로 연결된다. 미경과 수아는 서로를 지키자는 말을 거듭하는데, 이 '지키는 일'은 '개 다섯 마리'와 같이 서로의 곁을 지킴으로써 수행되는 것이 아니라 '나'라는 인간성이 훼손되지 않도록 각자의 자리를 지킴으로써 실현된다.

소설에서 수아와 미경의 자리는 여러 번 뒤바뀐다. 박물관의 연구원으로 있는 수아에게 그것은 수아가 마침내 찾은 "하고 싶은 일"(89쪽)이었다. 하지만 이내 수아는 담당 학예사가 수아를 아무렇지 않게 다른 학예사에게 빌려주는 등 "박물관의 공공재"(87쪽) 취급을 받는다. 한편 '정준석'의 유능한 후배로 보였던 미경은 실상 정준석에 의해 "복사기처럼, 휴대폰처럼, 차 키처럼"(같은 쪽) 취급된다.

인간 존재가 쉽게 사물화되는 이런 환경에서 우리는 어떻게 스스로를 지킬 수 있을까. 소설에서 (자기 존재를) 지키라는 말은 두 번 언급된다. 수아는 자신을 그저 물건처럼 부려먹는 정준석의 비리를 고발하려는 미경에게 투서에 미경의 정보가 노출되지 않도록 조심하라고 이르며 "너를 지켜야지"(90쪽)라고 말한다.[3] '지킨

---

3) 이 소설에는 수아와 미경 외에도 자리를 이동하거나 이동당하는 사람들이 등장한다. 정준석의 경우는 미경의 익명 고발로 인해 서울에서 부산으로 좌천되는데, 이는 회사에서 제 기능을 못하는 직원에 대한 경고이기도 하지만 부조리한 일을

다'는 표현은 「개」와 「미션」에서 각각 '곁을 지킨다'는 말과 '스스로를 지킨다'는 말로 같으면서도 다르게 구체화된다. 그것은 누군가의 곁을 간절하게 필요로 하는 상황과, 스스로가 훼손되었던 기억을 떠오르게 하는 사람의 자리를 회수함으로써 자기 자신을 보호하고자 하는 상황이 다르기 때문일 것이다. 그렇기에 수아는 자신을 배웅하러 공항에 나온 미경에게 "미경을 보면, 미경과 함께 차가운 계단에 앉아 이야기를 했던 날들이, 그 이야기 속의 날들이 떠올라서 괴롭다"(92쪽)고 고백하고 "그 모든 것과 결별하기 위해서 미경과도 영영 헤어지고 싶다"(같은 쪽)고 말한다. 자신의 밤을 지켜주었던 사람을 보면서도 끝내 상처들이 떠오른다면 그것으로부터 자신을 떼어놓는 것이 자신을 지키는 한 방법이 될 수 있다.

미경이 수아에게 하지 못한 "어디서든, 너도 꼭 너를 지켜. 그게 우리를 지키는 일이 될 거야"(96쪽)란 말을 곱씹으며 "지금이 바로 미뤄둔 미션을 실행할 때"(같은 쪽)라고 다짐하는 소설의 마

한껏 행한 자가 도달하게 되는 상실된 자리에 대한 경고로도 읽힌다. 한편 수아의 직장 동료는 "과로, 영양부족, 스트레스로 인한 실신이라는 의사의 진단"(84쪽)에도 아무렇지 않아하는 수아의 학예사를 보고 "너무 무섭다고, 어떻게 그럴 수가 있느냐고"(같은 쪽) 경악하며 사직서를 낸다. 사직서는 과로를 추동하는 업무 환경에 대한 근본적인 해결책이 될 수 없을지도 모른다. 그러나 이 소설이 '나의 자리 지키기'라는 메시지를 직접적으로 던지고 있음을 생각한다면, 자신을 지키는 일은 자신을 훼손하는 곳에 자기를 더이상 내버려두지 않는 것으로도 이해할 수 있다.

지막 장면에서 '미션'은 '지킴'의 의미와 연결된다. 미경의 회사 업무용 앱인 미션을 켰다는 뜻으로도 읽히는 이 구절은 미경이 자신을 지키기 위해 회사와의 관계를 정리하리라는 것을 예감하게 한다. 그녀는 어떤 '미션'을 실행할까. 퇴사, 대리 업무수행 거부 등 무엇이 되었든 그것은 그녀 자신을 지키기로 한 결심의 실행일 것이다.

앞선 두 편의 소설이 자신과 가까운 사람의 자리를 충분히 더듬어주지 못했던 것을 후회하는 인물을 삼인칭화해서 쓰인 것에 비해 「나사」가 일인칭 '나'의 시점을 취하고 있음은 특징적이다. 또한 일인칭 화자가 남겨지는 자가 아니라 박탈당하는 자에 가깝다는 점도 그렇다. 보험회사 심사관으로 일하는 'K'는 아르바이트를 전전하는 '나'에게 "넌 근성이 부족해. 그래서 뭘 할 수 있겠어?"(143쪽)라고 서슴없이 말한다. 일자리를 둘러싼 둘의 묘한 신경전은 그들의 애정전선에도 영향을 주어서 '나'는 K와의 사이가 도대체 언제부터 어떻게 미묘하게 비껴나갔는지, K의 집에서 자신의 자리는 과연 있는지, K에게 자신은 어떤 의미인지 질문한다.

그러면서 '나'는 K와의 관계에서 자신이 불안정하다고 느끼는 여러 단서를 찾아낸다. 일자리 문제로 K와 다투는 것이 한두 번이 아니라는 사실, K가 자신을 한심하게 생각하고 있음을 숨기지 않을 때마다 상처받고 분노하지만 동시에 K와의 관계가 틀어질까봐 우려하고 있다는 점이 그러하다. "K는 언제부터 내게서 등을 돌리고 잠들었을까"(131쪽)라는 문장으로 시작하는 소설은 의자에서 나사가 빠지는 것을 계기로 그 답을 짐작해나간다. '나'는 그 의자가 차지하고 있는 것이 방의 물리적인 공간뿐만 아니라 K의 마음 한구석일지도 모른다고 여기며 조금씩 낙담한다. 자신과 관계 맺기 이전의 K의 삶을 생각하도록 만드는 의자는 둘의 관계가 어긋나고 있음을 직감하는 '나'에게 자신이 없는 K의 삶을 상상하게 한다.

한 가지 짚고 넘어가야 할 점은 자기의 자리를 박탈당할 것 같은 불안을 미세하게 감지하는 '나'와 K 사이의 균열에 노동의 문제가 겹쳐져 있다는 것이다. K가 자신을 사회적으로 무용한 사람으로 여긴다고 짐작함으로써 '나'가 K와 멀어지는 양상은 '관계라는 장치 안에서 기능하지 못하여 소거되는 자리'로 비유된다. "나사를 찾아야 한다"(132쪽)는 '나'의 다소 강박적인 생각과 행동은 적당한 일자리를 찾지 못해서 연인에게도 사회에도 제대로 된 자신의 자리를 증명해 보이지 못할 뿐만 아니라 K와의 관계에서 자신이 점유하고 있던 공간이 제거되리라는 불안감을 느끼는 것과 연관된다. '나'의 호프집 아르바이트 경험은 이를 보여주는 하나의 사례다. 괴상한 손님들을 상대하는 과정에서 세 명의 사장으로부터 서로 다른 지침을 받는 '나'는 도대체 어떤 위치에서 어느 정도로 손님을 상대해야 되는지 알 수 없다. 이러한 위치 상실에 대한 감각은 "K의 집에서 아직 제자리를 찾지 못한 건 나뿐"(133~134쪽)이라는 압축적 문장으로 표현된다.

퀴어와 여성, 우리의 자리—「내 여자친구와 여자 친구들」「우리가 핸들을 잡을 때」

노동시장에서의 자리 상실의 감각을 연인과의 관계에서의 자리 상실의 감각과 포개어놓으면서 '제자리'에 대해 고민하게 하는 「나사」를 살펴본 데 이어 조우리 소설의 '연인 관계'에 대한 전면적인 이야기를 할 때가 되었다. 앞선 소설에서 명시되진 않았지만 여러 단서를 통해 인물들이 레즈비언 커플이리라 짐작할 수 있었다면, 「내 여자친구와 여자 친구들」(이하 「여친」)은 레즈비언이라는 정체성을 전면으로 내세운다. 이를 토대로 소설 속 자리에 대한 감각은 연인과의 일대일 관계를 넘어 친구들과의 관계로 넓어진다. 중요한 것은 이런 넓어진 관계망 안에서 레즈비언이라는 정체성이 애인과 친구들에게 각각 어떤 식으로 받아들여지고 있는지, 그로써 자기 자신이 이 관계 안에서 어떤 방식으로 의미화되는지다.

내 여자친구 정윤에게는 네 명의 각별한 여자 친구들이 있다. 1980년대 후반에 서울의 한 대단지 아파트에서 거주하던 부모에게서 태어나 그 근방의 초등학교, 중학교, 고등학교 동창으로 서로의 미성년 시절을 공유하고 있는 다섯 명의 여자들.(100쪽)

'정윤'과 친구들의 우정의 역사에 대한 정보로 보이는 이 구절은 사실 정상성, 보통의 것이라고 여겨지는 것이 실제로 지시하고 있는 내용을 적시한 것이다. 이 사회에서 정상과 보통의 삶이란 이성애 중심의 가부장제 사회에 기반한 '정상 가족 이데올로기' 안에서 살아온 이성애자의 삶을 말한다. 만약 이것이 구태여 설명할 필요 없이 전제되어 있는 '디폴트값'이라고 여겨진다면 그것은 다수가 이러한 삶을 선택했기 때문일 것이다. 하지만 과연 다른 선택지를 고르는 것도 그것과 동일한 값으로 사람들에게 받아들여질 수 있을까. 소설은 이와 같이 보통/일반의 디폴트값을 구체적으로 드러내 정상성의 내용을 적시함으로써 이를 묻는다.

이 소설은 레즈비언 인물을 주축으로 하여 '드러냄/드러내지 않음' '선택 가능함/선택 불가능함'에 대해 말한다. 소설에는 커밍아웃과 관련한 세 개의 장면이 나오는데 첫번째는 정윤의 커밍아웃 장면이다. 커밍아웃은 자기와 마음을 나누던 사람들에게 자신의 존재를 송두리째 부정당할 수 있다는 위험을 감수하는 일이면서 지금 이곳에 자신의 자리가 있는지 대면하는 일이기도 하다. 이렇게 생각하면 커밍아웃을 하고 친구들에게 축하받고 친구들의 반응에 감동받았다는 정윤의 말은 커밍아웃이 과연 축하하고 감동

받아야 하는 일인가 하는 묘한 감정이 들게 하면서도 다소간 이해될 수 있다. 하지만 정윤이 '나는 레즈비언이야'라는 정확한 표현으로 커밍아웃을 한 것이 아니라, "그저 지금 사귀는 사람이 여자라고, 학교 동아리에서 만난 두 살 많은 선배라고, 행정고시를 준비하고 있고 졸업하면 함께 살기 위해 돈을 모으고 있다"(104쪽)고 말한 것일 뿐이라면 정작 커밍아웃한 것은 정윤이 아니라 자신이지 않으냐고 의문을 던지는 '나'에게 시선을 준다면 정윤의 커밍아웃이 정윤 자신을 드러낸 것이라고 할 수 있는지, 그것이 만약 '나'를 돌아 나온 고백이었다면 왜 그랬어야 했는지 물을 수밖에 없다.

이 물음을 안고 두번째 커밍아웃 장면을 보자. 행정고시를 준비하던 시절 '나'는 함께 시험을 준비하던 '민아'에게 "난 레즈비언이라고"(109쪽) 커밍아웃을 한다. '나'가 이렇게 고백할 수 있었던 건 행정고시를 준비하는 자신을 정상 사회라는 경계 바깥의 존재로 보는 시선을 견딜 수 없다는 민아의 경험이 레즈비언으로서 자신이 느끼는 감각과 유사하다고 생각했기 때문일 것이다. 그러나 이후 결혼 소식을 전하지 않은 민아에게 섭섭하다고 말하는 '나'를 향해 민아는 "아무래도 너한테는 결혼이란 게 더 복잡하게 느껴질 테니까"(같은 쪽) 말하지 않았다고 이야기한다. 이러한 민아의 말은 정상성/일상성으로 대변되는 제도 안에서 퀴어 정체성이 과연 그 담론에 어떤 식으로 개입하거나 관계하는 것을 선택하는 일이 가능한지 생각하도록 만든다.

"그런 말이 있잖아. 여자라서 사랑한 게 아니라 사랑하게 된 사람이 여자였다고. 그럼 여자를 사랑하는 사람이라서가 아니라 사랑하기로 마음먹은 대상이 여자일 수도 있는 거 아닐까. 너라면 그럴 수 있을 것 같아, 난." (……)
"그래서…… 날 사랑하기로 선택했다는 거야?" (……)
나는 내가 선택할 수 없는 것이 무엇인지 알고 있는 사람이었다.
"나는 네가 하는 말 이해 안 돼. 처음부터 끝까지 다. 네가 뭘 어떻게 생각하든 네 일인데, 네 깨달음에 날 이용하려고 하지 마. (……) 나, 레즈비언이야. 그러니까 헛소리 좀 작작 해."(117~118쪽)

세번째 커밍아웃 장면이자 '나'의 첫 커밍아웃인 이 장면에서 '너라는 존재'를 사랑하게 되었다는 '수지'의 말은 한껏 낭만적으로 들리지만 '나'는 그것을 치욕스럽게 느낀다. 이 낭만성 안에 레즈비언이라는 '나'의 성적 지향은 삭제되어 있기 때문이다. 연애 관계를 확정하는 과정에서 "서로 잘 알고, 잘 맞으니까"(116쪽)라는 조건이 필요한 것은 사실이지만 동시에 성적 지향 역시 필수적인 요소다. '너라는 인간을 사랑하게 되었다'는 말이 낭만적으로 들릴 수 있다면 그것은 보편/일반이란 이름 아래 승인된 성적 지향이 전제된 상황에서만 가능하다. 존재에 대한 사랑이라는 낭만성을 전면화하여 자신이 레즈비언임을 인정하지 않으면서 레즈비언인 '나'에게 연애를 하자고 얘기하는 수지의 말은 '나'가 배제된 자의 자리에 놓여 있음을, 그녀에게 선택의 여지가 없음을 확인하게 한다.

이런 장면을 톺아보면 정윤이 커밍아웃을 할 때 낭만성 뒤에 감춰져 있던 선 긋기가 이후 드러나는 것은 자연스럽다. 친구들은 정윤의 커밍아웃 이후 자신들의 삶에서 그녀의 정체성을 은근하게 감춘다. '정상'에 속한다고 여겨지는 주류의 정체성을 구현한 사람들에게 모종의 거부감을 주지 않기 위해 그녀의 자리를 '우리'의 자리에서 살짝 도려내는 것이다. '지혜' 아들의 돌잔치를 앞두고 '지영'은 "독실한 기독교"(124쪽)신자인 남편에게 정윤이 솔로라고 둘러댄다. 백번 양보해서 이것이 순전히 실수라고 해도 불편하면 돌잔치에 "안 와도"(123쪽) 되는 쪽이 어째서 정윤이어야 할까? "너 보러 가는 건 아니"(125쪽)지 않냐는 지영의 말마따나 정윤 역시 지영 부부를 보러 돌잔치에 가는 것이 아님에도 왜 잘못하지 않은 쪽이 자리를 피하도록 강권받을까. '나-정윤' 커플이 느끼는 '선택 불가능함'의 감각은 '너를 위한다'는 말이 과연 '우리'라는 공동체 안에서 너와 나의 동등한 입장을 전제하는 것인지 생각하도록 만든다.

그런데 커밍아웃과 관련한 불쾌한 경험이 여러 번 묘사되고 있음에도 이 소설이 어딘가 유쾌하게 읽히는 까닭은 무엇일까. 이 모든 상황을 겪어내면서도 '나'가 어떠한 미심쩍음도 남기지 않는 정윤을 만나 사랑하고 있음을, '나'에게 흑역사를 만들어주었던 수지가 '나'와 정윤의 이름 사이에 작은 하트를 그려넣은 비혼식 초대장을 보내는 장면을 떠올려보자. 이성애자 중심의 정상 이데올로기에 근거한 친구의 돌잔치에서 환영받지 못한 '나-정윤' 커플은 수지의 비혼식에 가기로 결정한다. 이로써 '나-정윤' 커플과 수지의 존재 양식은 선택할 수 있는 것으로 다시금 환원된다. 이 커플에게 선택의 여지를 마련하는 이 장면은 소설의 지향점을 드러낸다. 만약 이 소설을 '레즈비언 서사'라 칭할 수 있다면 이 서사를 통해 어떤 것을 추구하고 어디로 향해 나갈 것인지, 작가는 선택의 여지를 장면화하여 그 길을 열어보려는 듯 보인다.

「여친」의 레즈비언 서사에서 드러난 혐오와 배제의 시선에 맞서는 '우리'라는 단단한 관계망은 「우리가 핸들을 잡을 때」(이하 「핸들」)에서 더 포괄적으로 그려진다. 이 소설에는 세 명의 여성 '나' '엄마' '금자씨'가 등장한다. '상미'와 지방도시에서 동거하는 '나'는 운전 때문에 상미와 사소하게 다툰 뒤 서울의 엄마 집에 왔다가 엄마와 금자씨와 함께 운전연수를 받게 된다. 중국 출신인 금자씨는 엄마가 인력사무소를 통해 청소 일을 하다가 친구가 된 인물로 한국인 남편과 이혼한 뒤 한국에서 사는 노동자 여성이다. 이 인물들이 모두 여성이라는 사실과 더불어 '나'가 레즈비언이라는 사실, 엄마가 남편이나 애인 없이 지내며 청소 노동자로 살고 있다는 사실, 금자씨가 한국인 남성과 국제결혼을 한 이주여성이라는 사실은 지금까지 조우리 소설의 노동과 관계, 혐오와 배제의 층위의 '경계'를 모두 아우른다.

이들은 각자 이성애자 중심의 가부장제 사회 안에서 '여성'이라 퉁쳐지는 정체성이 어떤 식으로 존재 중심으로부터 탈각되는지 경험해본 적이 있다. 그 경험은 조금씩 다르지만 본질적으로는 매우 유사하다. 여성이란 젠더 때문이다. '여성'은 중심/주류의 영역에 선을 두르고 그 선 바깥의 모든 삶의 형태들을 일축해 일컫는 말이기도 하다. 그런 의미에서 나이든 노동자 여성, 어린 여성, 이주노동자 여성은 운전대를 잡고 있는 남성에 의해 "의자에 등을 기대지 않고 꼿꼿하게 허리를 세운 채 앉아 있"(32쪽)는 경직된 상황 속에 놓인다.

중요한 것은 각자의 삶을 아우르고자 하는 그녀들의 삶의 방식이고 자신들을 계속적으로 긴장된 상태로 만드는 시선에 대항하고자 하는 삶의 태도이다. 「핸들」에서 레즈비언이라는 '나'의 정체성이 특수한 것으로서 강조되지 않는 이유는, '나'가 엄마와의 관계 속에서는 엄마를 걱정시키고 싶지 않은 딸로 그려지며 엄마 역시 '나'가 겪는 문제를 애인과 삐걱거림이 있다는 정도로 이해하고 있기 때문이다. 삶에서 '나'가 레즈비언이라는 사실은 일상적이다. 이러한 일상성은 딸, 엄마, 친구를 한데 묶어 살피는 애정 어린 시선에 의해 가능하다. 삶이 어떻게 일상적인 것이 되는가 묻는다면 이 소설은 그것은 나와 당신이 우리의 삶의 결을 끌어안아 그 저변을 점점 넓힘으로써 가능하다는 대답을 내어놓는다. 나이가 들어서도 일하는 엄마가 애인을 사귀어서 애인에게 마음을 기댈 수 있기를 바라는 마음, 금자씨가 이주여성이라는 점 때문에 침묵을 강요받지 않기를 바라는 마음은 그 대답 중 하나이다.

　—조심해.
　하지만 상미야, 아무리 조심해도 사고는 일어날 수 있다고 네가 말했잖아. 결국 우리는 영원히 아무것도 완전히 조심하지는 못하면서 살 텐데. 계속 조심하려고 노력만 하면서 살 텐데. 혼자서만 애쓰면 그건 너무 어려운 일이잖아. 어렵고 힘든 일이잖아. 그러면 우리가 할 수 있는 건 번갈아 핸들을 잡는 게 아닐까. 그것부터가 아닐까.(29~30쪽)

소설은 누구를 어떤 이유로 경계 바깥의 존재로 여기도록 만드는지 살피게 하는 동시에, 어디를 향해 어떤 태도로 삶을 이끌어 나가야 하는지에 대해 이야기한다. 어떤 상황을 알아서 피해주기를, 굳이 말이 나올 만한 상황을 만들지 말아주기를 바라는 상황에서 그 어색함과 불편함은 사실 누군가의 존재 그 자체 때문이 아니라 특정한 사회규범과 행동양식에서 비롯됨을 떠올려보자. 그렇다면 무엇을 얼마만큼이나 조심해야 괜찮아지는 것일까. 만약 조심하는 일을 영영 피하지는 못하고 사람들이 각자 조심하는 수밖에 없는 것이라면, "번갈아 핸들을 잡는" 것처럼 우리는 서로와의 관계에서 각자의 위치를 확인하고 또 우리의 자리 있음을 서로에게 확인시키는 것을 통해 삶을 가능케 할 것이다. 누군가의 곁에 존재함으로써 나와 너의 자리 있음을 서로가 상기하도록 하는 것. 우리가 우리이기 위해 취할 수 있는 것은 이러한 마음 씀일 것이다.

운전연수를 받는 동안 욕설을 듣고 무시를 당하는 등 불쾌한 상황을 겪으면서도 "거기가 제일 가깝고 싸"(35쪽)다는 이유로 다시 그 학원에 등록하는 장면에서 우리가 웃음을 터뜨릴 수 있는 것은 이 소설이 보여주고 있는 단단한 낙관과 믿음 덕분이다. 그러니까 그런 불유쾌한 말을 듣지 않도록 '나'와 엄마와 금자씨가 과도하게 조심해야 하는 것이 아니라, 그러지 않아도 되도록 누군가가 주의해야 한다는 것이다. 그들이 운전학원을 선택하는 이유는 그러므로 아주 단순하다. 불유쾌함을 초래하는 자신들에 대한 혐오를 조심하거나 피하지 않고, 싸다는 이유만으로도 그곳을 다시 갈 수 있다는 것. 이러한 삶의 태도는 작가가 나아가고자 하는 길에 대한 하나의 이정표로 제시된다. 누군가에게 마음을 쓰도록 최선을 다하자고, 우리는 우리들에게 말할 수 있다.

작가의 말

2011년부터 2020년까지 쓰고 발표한 소설 중 여덟 편을 모았다. 너무 오래 걸렸다고 생각할 때도 있었지만 이제는 나에게 알맞은 속도였다고 여긴다. 나의 2010년대, 한 시절이 이 책에 고스란히 담겼다. 소설가는 자기가 쓴 소설로 지금 서 있는 자리를 밝히는 사람이라는 신뢰하는 동료의 말이 쓴다는 행위 앞에서 막막할 때마다 나에게 큰 힘이 되었다. 내가 서 있던 자리들. 그 궤적을 독자분들께서 어떻게 읽어주실지, 많이 두렵고 그만큼 설렌다. 내가 지치지 않도록 용기를 주었던 동료들과 친구들, 가족들에게 이 책을 건네며 인사할 수 있어 다행이다.

지유, 준희, 경, 윤, 다미, 윤주, 상미, 미경, 수아, 정윤, 은주 그리고 여자, 나. 나를 힘들게 하고 내가 힘들게 했던, 그럼에도 다시 나를 웃게 하고 기쁘게 했던 내 소설 속의 모든 여자들에게. 내가 서 있는 자리에 함께 서 있었던 그들에게. 내 여자친구와 여

자 친구들에게. 원하는 대로 행복하길 바란다고, 정말 행복하길
바란다고 말하고 싶다.

   쓰고 싶어서 쓰면서도 새로운 소설을 쓸 때마다 도망가고 싶다.
이미 다 망쳐버린 것 같아서 울고 싶을 만큼 막막하다. 진짜 울 때
도 있다. 내가 왜 쓰려고 했지. 내가 뭘 쓸 수 있지. 계속 같은 질
문으로 돌아온다. 그 질문에 답할 수 있는 건 쓰고 난 뒤의 나라는
것을 알고 있기 때문에 그저 버티는 수밖에 없다. 그렇게 버텨서
다 쓰고 나면 "다 썼다"라고 말하기 위해 살아 있는 것처럼 느껴
진다. 그 순간 나의 정확한 마침표가 되어주는 서동미에게 내 소
설의 모든 사랑을 전한다.

2020년 여름

조우리

| 수록 작품 발표 지면 |

우리가 핸들을 잡을 때 …… 『문학동네』 2019년 겨울호

11번 출구 …… 문장 웹진 2015년 1월호

미션 …… 『현대문학』 2020년 5월호

내 여자친구와 여자 친구들 …… 『릿터』 2020년 6/7월호

나사 …… 글틴 2014년 5월호

물물교환 …… 문장 웹진 2014년 11월호

블랙 제로 …… 『대산문화』 2014년 여름호

개 다섯 마리의 밤 …… 2011년 대산대학문학상 수상작

문학동네 소설
내 여자친구와 여자 친구들
ⓒ조우리 2020

1판 1쇄 2020년 6월 26일
1판 2쇄 2020년 8월 17일

지은이 조우리
펴낸이 염현숙
책임편집 김내리 | 편집 권순영 김봉곤 정은진 이상술
디자인 고은이 유현아 | 마케팅 정민호 박보람 우상욱 안남영
홍보 김희숙 김상만 지문희 우상희 김현지
제작 강신은 김동욱 임현식 | 제작처 영신사

펴낸곳 (주)문학동네
출판등록 1993년 10월 22일 제406-2003-000045호
주소 10881 경기도 파주시 회동길 210
전자우편 editor@munhak.com | 대표전화 031) 955-8888 | 팩스 031) 955-8855
문의전화 031) 955-3576(마케팅) 031) 955-8864(편집)
문학동네카페 http://cafe.naver.com/mhdn | 트위터 @munhakdongne
북클럽문학동네 http://bookclubmunhak.com

ISBN 978-89-546-7276-4 03810

잘못된 책은 구입하신 서점에서 교환해드립니다.
기타 교환 문의: 031) 955-2661, 3580

www.munhak.com